新津きよみ

妻の罪状

実業之日本社

実業之日本社文庫

目次

第一話 半身半疑

1

意識が戻った。いや、意識が戻ったというより、目が覚めた。
わたしの目が覚めたということは、かわりに彼が眠りに落ちたということだろう。
何度か経験してみてわかってきた。
しかし、なぜ、こんな現象が起きるようになったのか……。
わたしにできることはただ、過去のできごとを繰り返し思い起こすことだけだ。

2

あんな話を聞かされていたせいで、夫になる人の姉に引き合わされた瞬間、真砂《まさ》子《こ》の視線は、彼女の腹部に注がれてしまったのかもしれない。

「うちの姉貴は、裏表のない善意の塊のような人だよ」

会う前に寛之《ひろゆき》から聞かされていたとおり、満面の笑みで迎えてくれた治美《はるみ》は、親切で世話好きな女性だった。彼女がいれたコーヒーと手作りのクッキーでもてなしてくれて、緊張を隠せない真砂子に「ほら、遠慮しないで召し上がって」と、クッキーが盛られた皿を押し出した。「はい」と手にしてかじったクッキーは、予想以上においしくて、これといって得意料理のない真砂子は気後れした。

「絶対に君とも気が合うと思うよ」

寛之にそう決めつけられてしまったので、きょうだいの関係に対して抱いた違和感も、結婚生活が始まった当初は口にできずにいたのかもしれない。

結婚するとき、彼の姉がまだ結婚せずに、群馬県高崎市の実家で両親と同居していることは、さほど気にならなかった。寛之より六つ年上で三十四歳の治美は、いずれ近い将来、結婚するだろうと思っていたからだ。それよりも気になったのは、やはり、寛之と治美の絆《きずな》の強さだった。血のつながった姉と弟なのだから、強い絆で結ばれているのは当然かもしれない。

だが、それだけではなかった……。

さいたま市内の調剤薬局に勤務する真砂子が寛之と出会ったのは、三年前。医療関係者が中心と聞いて参加した合コンに、設計事務所に勤める寛之がきていて、「どういう関係ですか?」と、真砂子のほうから尋ねたのが交際のきっかけだった。「開業するクリニックの設計を手がけたんですよ」と、そのとき寛之は答えた。彼が設計したという川口市内のそのクリニックを見に行ったのが、最初のデートになった。

真砂子の実家は都内にあり、結婚して家庭を持った兄が近くに住んでいて、弟はまだ実家にいた。大学には実家から通っていたが、一度は実家を離れてみたいと思い、卒業後はあえてさいたま市内の職場を選び、一人暮らしをしていたのだった。

寛之もさいたま市内で一人暮らしをしていたので、互いの部屋を自由に行き来することができた。交際が三年目に突入したとき、〈そろそろ一緒に住んでもいいのでは?〉と思った真砂子は、素直に気持ちをぶつけてみた。

「結婚したいとは思っている。だけど、問題があるんだ」

「問題って?」

「ぼくの身体のことなんだけど」

切り出した寛之の口ぶりが重くなった。

「何か持病でもあるの？」

三年もつき合っていれば、寛之が食後に錠剤を飲んだり、定期的に通院したりしていることは察するようになる。薬剤師だから、どういう種類の薬か興味はあったものの、こちらが中座したときに彼がこそこそ飲むのを知っていたので、あえて聞かないようにしていたのだった。

――何か難病にかかっているのだろうか。

寛之の顔色が暗くなったのを見て、

「健康体でなければ結婚できないってわけでもないでしょう？　ほら、わたしだって、猫アレルギーがあるし」

と、真砂子は明るく水を向けてみた。

すると、寛之は、「実は」と短く切り出したあと、ひと呼吸おいてから続けた。

「腎臓を一つ、姉貴からもらっているんだよ」と。

「あ……そうなの」

真砂子は、驚きをやはり短い言葉で受けることしかできず、そのあと言葉を継げずにいた。

「高校生のときに腎臓病にかかってね。腎臓の機能がひどく低下して、人工透析を受けなければならなくなり、学校生活を送るのに支障をきたすようになったんだ。大学受験も控えている。それで、家族で話し合って、生体腎移植を受けることにした。幸い、姉貴の腎臓と適合して、手術を受けられることになった。術後も拒絶反応が出ないような処置をするなど、通院する必要が生じてね。ああ、いまも免疫抑制剤を欠かさず飲んでいる」

「大学を受験するのが一年遅れたのは、そういう事情があったからなのね」

一浪して希望の大学に入った、と聞かされていた。

「もらった腎臓がいつまで機能するかわからないし、免疫抑制剤の副作用で感染症にかかりやすくなるかもしれない。つねに不安を抱えた生活になる。そんな身体だから、君を幸せにする自信はないいんだ。だから……」

「だから、結婚できない。そう言いたいの？」

真砂子は、言葉を切った寛之のあとを引き取り、語調を強めた。「寛之さんのわたしへの想いってその程度のものなの？　わたしじゃ頼りにならない？」

「それは……」

「手術を受けてからいままで、何事もなく健康に生活してきたんでしょう？　だったら、これからもそうなるように一緒にがんばろうよ。わたしが支えになるから」

「ありがとう」と、寛之がうなずくまでに間があったが、その目が潤んでいるのを見て、真砂子の目頭も熱くなった。

　そして、結婚を報告するために、寛之の実家を訪れたのだった。だが、なぜか両親は不在で、そこには寛之の姉の治美だけがいた。

「ご両親は？」

　と、治美が席をはずしたときに寛之に聞くと、「今日は親戚の法事があってね。姉貴が先に一人だけで挨拶したい、って言い張ってさ」という言葉が返ってきたので、真砂子は奇妙な感じを受けた。あとで思えば、そのときに抱いた違和感をぞんざいに扱うべきではなかったのかもしれない。

　二人の出会いから真砂子の育った家庭や仕事についてひととおり質問すると、治美は、「あのことは、寛之から聞いているかしら」と、口調をやや深刻なものに転じて身を乗り出した。

「あ……はい」

雰囲気から察してうなずくと、真砂子は隣の寛之と顔を見合わせた。

「彼女には話しているよ。彼女も納得している」

「それじゃ、大丈夫ね」

治美は、ホッとした表情になって言葉を重ねた。「そういうわけなの。わたしの腎臓が片方、弟の身体に入っているのよ。そういう身体だから、これからの生活の中で真砂子さんが不安になることも多々あるかもしれないけど、わたしもできるだけ協力するから」

――わたしの腎臓が片方、弟の身体に入っているのよ。

その表現に、真砂子の背筋を悪寒が這《は》い上った。「わたしの腎臓を片方、弟にあげたのよ」と言うのが筋ではないか。

しかし、寛之が何も言わなかったので、自分の反応が過敏なのだろう、と真砂子は思い直した。

「真砂子さん、寛之をよろしくお願いしますね」

と、治美に両手を硬く握られて、面食らいながらも「はい」と応じた。

3

「姉貴には恩義を感じている。感謝してもしたりない」

と、実家からの帰路、ハンドルを握りながら寛之が言った。

「それはそうよね。お義姉さんから腎臓を一つもらっているんだから」

そう受けた瞬間、心がざわざわするような治美の言葉が鼓膜によみがえった。

――わたしの腎臓が片方、弟の身体に入っているのよ。

やはり、あの表現はおかしい。もとは治美の腎臓かもしれないが、いまはもう寛之の身体に溶け込んで、彼の身体の一部になっているのだ。

「それだけじゃないんだ」

引っかかりを覚えている真砂子に、寛之は前を見たまま言葉を継いだ。「腎臓移植の手術が原因で、姉貴の結婚話が壊れてしまったんだよ」

「えっ、どうして？」

「当時、姉貴には交際している人がいて、結婚まで話が進んでいた。ところが、きょうだいのあいだで腎臓移植をすることを、婚約者には話していなかった。婚約者とはいえ、身体にメスを入れることを話したくない気持ちは理解できる。まだ臓器移植法が改正される前で、移植に批判的な意見を言う人も多く、あまり公にしたくなかったんだろう。姉貴は、無事に手術が終わってから話すつもりだったという。しかし、事情を知らない婚約者の周辺が、入院したと聞いて騒ぎ立てた。『何か秘密にすべき手術を行ったんじゃないか』ってね。ひそかに子供を堕《おろ》したんじゃないか、なんて言う者まで現れた。婚約者以外の男の子供をね。そんなうわさが広がって、婚約者も疑心暗鬼になって、ついには婚約破棄にまで至った次第でね」

一気に話し終えると、寛之は大きなため息をついた。

「お義姉《ねえ》さんは、婚約者に事情を話したんでしょう?」

「説明するのが遅すぎたんだろうね。両親や親族に猛反対された婚約者は、姉貴への愛情もいつしか冷めてしまったらしい」

「ひどい話ね」

治美の使った表現に背筋が寒くなるのを覚えはしたが、その経緯には心底同情した真砂子は、「だけど、結婚する前に婚約者の本性がわかったと思えばいいじゃない。その程度の男だったのよ」と、慰めの言葉を口にした。

「ああ、ぼくもそう思う。そんな男と結婚してもうまくいくはずがなかったってね」

寛之はうなずいて受けてから、今度は小さなため息のあとに続けた。「それ以来、姉貴には浮いたうわさはないんだ。親戚が持ってきた縁談には見向きもしなかったし、周囲がそういう話を持ちかけにくい雰囲気を発していてね。婚約破棄されたことがよほど心の傷になっているのかもしれない」

「結婚話がなくなったのは自分のせいだと思って、お義姉さんに負い目を感じているの？」

「それもあるけど、姉貴の身体の問題もある」

「身体の問題？」

「腎臓を提供したドナーも定期的に外来受診する必要があって、術後は通院が頻繁だった。そのたびに会社を休まなければならないから、仕事面でも姉貴にはだいぶ迷惑をかけてしまった。手術や通院で、時間に融通がきく職場に転職せざるを得なくなったんだ。給料も下がってしまったし、腎臓を提供した結果、身体に負担がかかって高血圧ぎみになり、その薬も欠かせなくなった。そんなわけで、姉貴の人生を狂わせてしまって、申しわけなく思っているんだよ」

「そうなのね」

「それから……」

——まだあるの？

真砂子は、さすがに苛立《いらだ》ってきた。

「喘息持ちのおふくろは、身体が弱くてよく寝込んでいたけど、そんなときは姉貴が掃除や洗濯をしたり、料理を作ったりと、家事全般を担ってくれた。おふくろが入院したときは、毎日親父の弁当を作ったり、ぼくの制服のアイロンがけまでしてくれたよ」

「お義姉さんが母親がわりをしてくれたのね」

真砂子は、端的な言葉でまとめてため息をついた。これでは、寛之は一生、治美には頭が上がらないだろう。だが、寛之の実家で一緒に住むわけではないから、義姉の存在をさほど気にする必要はない、と自分の胸に言い聞かせたのだった。

4

結婚生活は、さいたま市内の賃貸マンションでスタートした。寛之は一人暮らしが長かったせいか、洗濯や料理などひととおりの家事をこなせたので、家事を分担することによって快適な生活を維持できた。

そんな快適さに慣れてしまい、気がついたら三十歳を超えていて、真砂子は焦りを覚えた。寛之が子供好きなのは、休日に表を歩くときなどに家族連れに注がれる熱い視線からわかっていた。真砂子自身もそろそろ子供を、と考え始めていた。

ところが、そんなときに寛之の母親が倒れて入院した。十二指腸潰瘍という診断で、寛之と真砂子が揃って見舞いに行ったときは、「心配かけてすまないわね」と、明るく会話を交わしていたのに、そのほんの十日後に肺炎であっけなく逝ってしまった。

寛之の父親が喪主を務めた葬儀を終え、四十九日の法要も済ませたあと、自宅に戻った寛之がぽつりと言った。「これで、姉貴はずっと独身を通すことになりそうだな」と。

「どうして？」

「親父は、料理もできなければ、整理整頓も苦手な男なんだよ。来年定年を迎えて家にいるとなると、これからは姉貴が主婦として親父の世話を焼くことになる」

寛之の父親は、地元の食品加工会社に再雇用されていた。

「いくら何でもお義姉さんに甘えすぎじゃない？」

「まあね。だけど、姉貴の性格からして、親父を放っておけないと思う」

「お義姉さんにはお義姉さんの人生があるのよ。これから、男の人との出会いもあるでしょう？　そういう可能性まで摘んでしまうなんて。本人に本当の気持ちを確かめてみたら？」

「聞くまでもなくわかってるよ。姉貴は、ずっと親父のそばにいて面倒を見る、と言うはずだよ」

「ずいぶん自信があるのね」

「同じ屋根の下でずっと暮らしてきたからね。家族想いで責任感の強い姉貴の性格は、弟のぼくが一番よくわかっている」

「家族だから、血がつながっているから、一番よくわかっているってわけ?」

疎外感を覚えた真砂子は、思わず声を荒らげてしまった。

——お義姉さんの腎臓が片方身体に入っているから? じゃあ、わたしは一体何なの?

血がつながっていないから、家族じゃないの? という言葉が喉元まで出かかったが、それらは呑《の》み込んだ。

「どうしたの? 今日はずいぶん突っかかってくるね」

「別に、そんなことないけど」

それ以上顔を突き合わせていたらさらに激昂しそうだったので、そのときはキッチンに逃げ込んだのだが……。

それが、結婚してはじめてのケンカらしいケンカだった。

5

義母の死から二年後、真砂子は妊娠した。子供はほしかったから、妊娠がわかったときは舞い上がるほど嬉《うれ》しかったが、「双生児かもしれませんね」という医師の言葉を聞いた途端、喜びが半減した。

「双子となると、育児が大変だな」

「二人同時に保育園に預けられるかどうか」

生まれてからの育児を想像して、夫婦は頭を抱えた。

実家の母親の手を借りようとも考えた。だが、真砂子が結婚したあとに兄のところに二人子供が生まれていて、結婚して実家で同居を始めていた弟のところも子供が生まれたばかりで、母がそちらで手一杯なのはわかりきっていた。

運よく保育園に空きが見つかっても、子供が二人いればいつどちらが体調を崩すかわからない。真砂子もできれば仕事を続けたいと思っていたから、人手はほしかった。それで、「高崎の実家の近くに引っ越そうか」という寛之の提案にうなずかざるを得なかったのだ。

真砂子の勤める調剤薬局はチェーン展開をしており、高崎駅近くにも店舗があった。そこに希望を出したら、幸運にも欠員が出て異動できることになった。寛之は、当分のあいだ高崎から大宮まで新幹線通勤をするという。

「あなたの実家で同居するのは嫌よ」

絶対に嫌だから、と釘《くぎ》をさしたら、実家の近くに賃貸マンションを探してくれた。

弟夫婦の転居を、もちろん、治美は大歓迎した。

「荷ほどきをしていないでしょうから、引っ越し祝いはうちでしましょう」

と、治美に誘われて、実家に足を踏み入れた真砂子は唖然《あぜん》とした。

まだ生まれてもいないというのに、居間の隣の和室には籐《とう》製のベビーラックが二つ置かれている。

「お義姉さん、それ……」

「ああ、いまは便利なのね。いろんなベビー用品のレンタルがあるのよ」

驚いて聞きかけた真砂子に、笑顔になって治美は言った。

「でも、まだ……」

「こういうのは早いほうがいいのよ。それより、真砂子さん、だいぶお腹《なか》が大きくなってきたけど、無理しないでね。さあ、こっちに座って。妊婦さんは何もしないでいいから」

治美は、真砂子の肩を抱いて椅子に座らせると、いそいそとキッチンに入っていく。「今日は、寛之の好きなすき焼きにしたのよ。ねえ、寛之、大好きよね？」

「うん、すき焼きか。久しぶりだな」

と、寛之は、テーブルの真ん中にセットされた鍋をのぞき込んで喉を鳴らした。

「お父さんも呼んでくれない？　縁側でぼおっとしているから」

カウンター越しに声をかけられて、「ああ、わかった」と、寛之が廊下に出ていく。部屋数だけは多い昔ながらの和風建築の家で、縁側も中庭もある。

「ああ、真砂子さん、ようこそ」

居間に入ってきた義父を見て、その老けぶりに真砂子は驚いた。定年を迎えたあと、家事は娘に任せきりで何もせず、家でだらだらと過ごしているせいか、顔つきも身体つきもたるんで見える。

「おお、すき焼きか。人数が揃わないと鍋はできないから、久しぶりだなあ」

と、義父の関心は、すでに食べ物に向けられている。

「ほら、真砂子さん、たくさん食べてね。あなたのお腹には赤ちゃんが二人いるんだから、三人分は食べないと」

食事が始まると、治美が真砂子の皿にせっせと牛肉や野菜を取り分ける。

「あ……ありがとうございます」

しかし、喉の奥が狭くなったような感覚に襲われて、食べ物がなかなか入っていかない。

苦痛のうちに食事が終わり、自宅マンションに戻ると、真砂子は運び入れてあったソファに倒れ込んだ。

「大丈夫？　食べすぎてお腹が苦しいんじゃないの？」

のんきにからかう夫に、真砂子は憤慨した。

「寛之さん、おかしいと思わないの？　お義姉さんは、勝手にあんなベビーラックまで揃えたのよ」

「いいじゃないか。いずれ実家でも必要となるんだからさ。姉貴は、昔から用意周到な性格なんだよ」

「あの分だと、どんどんエスカレートするんじゃないかしら。子供が生まれたら、育児にも口を出してきて……」

「考えすぎだよ」

「それに、お義父《とう》さんも何だか生気がなかったわ。お義姉さんが、奥さんみたいに何でもかんでもやってあげているからじゃない？　お義父さんにも何か生きがいを与えて自立させないと」

「姉貴が好きでやっているんだ。それが姉貴の生きがいだと思って、大目に見てやってくれよ」

まるで危機感の乏しい寛之に、真砂子は苛立ちを募らせた。

6

一卵性双生児だから当然だが、生まれたのは大きさも顔立ちもそっくりな男の子たちだった。義父にも義姉にも口出しされたくなったので、お腹にいるときから夫婦で考えて、長男に正樹《まさき》、次男に勇樹《ゆうき》と名づけた。

産前産後の休暇を経て、真砂子は職場に復帰した。両親ともにフルタイムで勤務し、多胎児でもあり、優先的に保育園に入れることができた。新幹線通勤をしている寛之は、職場から出る補助だけでは交通費は賄えない。育児費用も将来的な学費も、当然のように二人分かかる。育児休暇をとらずに働き続けることは、経済的な理由から夫婦で出した結論だった。

ところが、いざ二人を保育園に預けて働き出してみると、すぐに困難にぶつかった。

「正樹ちゃんがお熱を出したんです」

「今度は、勇樹ちゃんがお熱を出しました」

「正樹ちゃんがミルクを吐いて、勇樹ちゃんもぐったりしています」

と、交互に、ときには同時に、「お迎えをお願いします」の電話がかかってくるようになったのだ。

電話はすべて母親である真砂子の職場にかかってくる。保育園の近くとはいえ、シフトの勤務体制を敷いていて抜け出せないときもある。そんなときは、パートで勤務時間の短い治美に頼むしかない。ひと月に二、三回は治美にお迎えをお願いしただろうか。

保育園に預けて七か月たったころ、真砂子は寛之とともに実家に呼び出された。申し合わせたようにぐずる子供を一人ずつ抱いて実家に行くと、「二人ともそこに座って」と、真剣な顔つきで治美に切り出された。

「わたし、パート勤めを辞めて、ずっとうちにいることにしたわ」

「お義姉さん、どうして……」

真砂子の質問を遮って、「だって、職場にいても、いつ正樹ちゃんと勇樹ちゃんが体調を崩すか、気になって落ち着かないんだもの」と、治美は答えた。「だから、わたしがうちで二人の世話をしてもいいのよ」

「それは大変だよ」

と、寛之がかぶりを振った。「二人同時に泣かれでもしたら、お手上げ状態になるよ」

「寛之、あなた、自分の顔を鏡で見てごらんなさいよ」

「えっ？」

「目の下にひどい隈《くま》を作って。寝不足じゃないの？」

「それは、まあ……」

と、寛之が遠慮がちな視線を真砂子に投げてきた。

「職場が遠くなって、朝早く出ていって、夜遅く帰ってきて、それでも真砂子さん一人に負担をかけないようにと、無理して子供たちをお風呂に入れたり、寝かしつけたりしているんでしょう？　そんなことしてたら、身体がもたないわよ」

治美の言葉は耳に痛かった。その指摘のとおり、寛之が仕事で疲弊しながらも、妻の顔色をうかがって、できるかぎり育児にかかわろうと一生懸命になっているのがわかっていたからだ。最近は、茨城県や栃木県からの仕事の依頼も増えて、車で出かける機会も多くなっている。疲労が抜けないままの運転は危険だ。

「真砂子さんもだいぶ疲れているんじゃないの？」

「わたしは大丈夫です」

「無理しないで。あなたも睡眠不足じゃないの？　顔色が悪いわ」

「大丈夫です、って言ってるでしょう！」

声を荒立てたら、腕の中で正樹が泣き出した。双子は共鳴し合うのだろうか。寛之が抱いていた勇樹も泣き出した。

「ほらほら、大きな声を出さないで。怖がっているじゃないの」

真砂子の腕から赤ん坊を抱き取って、「ねえ、ママ、怖いわねえ」と、治美はあやし始める。すぐに泣き声がおさまった。すると、寛之の腕の中で泣いていた勇樹も泣きやんで、あどけない顔で治美を見上げた。頻繁にお迎えに行っているので、赤ん坊は二人ともに伯母の治美になついているのだろう。

やがて、二人は寝入ってしまった。

「今日はこの子たち、うちで寝かせるわ。明日はお休みだし」

治美にそう言われて、動かすのもかわいそうなので、真砂子は寛之と自宅に帰った。

「ねえ、どうするの？」

自宅に着くなり、寛之に意見を求めると、「姉貴の前でヒステリックになるなよ」とたしなめられて、真砂子は頭に血を上らせた。

「ヒステリックになんかなってないわよ」

「いきり立っていたじゃないか」

「だって……」

言い返そうとしたら、まぶたが盛り上がって涙があふれた。真砂子は、両手で顔を覆った。最近、気分の浮き沈みが激しいのを自覚している。産後うつに近い状態なのかもしれない。

「何もかも自分たちで背負おうとしないほうがいいのかもしれない。人の力を借りられるところは借りればいい。そうじゃないか？」

情緒不安定な妻の様子を見て反省したのか、寛之は、真砂子に穏やかな口調で語りかけた。「親父の年金があるし、姉貴がパートを辞めても当分は生活面での支障はないだろう」

「でも、お義姉さんにばかり負担をかけるのは心苦しくて」

「それなりのベビーシッター手当てを渡せばいい」

「だけど、やっぱり、全面的にお義姉さんに預けるのは気が進まないわ」

「だったら、とりあえずは保育園に預けて、お迎えは姉貴にしてもらおう。まずは、休みの日に子供たちを姉貴に預けて、二人で映画でも観にいくところから始めよう。双子の育児には気晴らしも必要だよ」

続いた夫のやさしい言葉に、真砂子の気分は少し上向きになった。

7

当初は、映画を観たあとにショッピングをして、どこかすてきなレストランに入って夕食をとる予定だった。ところが、スクリーンに母親に抱かれた赤ん坊が映し出された途端、真砂子の心はうわの空になってしまった。ショーウィンドウを見て歩いても、正樹と勇樹の顔ばかりが頭にちらついてしまう。

「何か食べるものを買って、もう帰ろうか」

そわそわした様子を感じ取ったのだろう。寛之も同じだったらしく、苦笑しながら促した。

早めに帰宅して、子供たちを引き取りに行くと、珍しく義父が一人をあやしていた。

「こっちはどっちだろう。正樹か？　勇樹か？」

ぐずる孫に義父は手こずっている。

「お義父さん、その子は勇樹です」

お腹がすいたのか、眠いのか、泣きやまない勇樹を真砂子は義父の腕から抱き上げた。

「正樹は、治美が風呂に入れている」

義父が言って、顎先で風呂場のほうを示した。

勇樹を寛之に預けて、真砂子は風呂場へ行った。昔風のタイル張りの床だが、浴槽だけは新しいものに取り替えてある。

曇りガラスのドア越しに声をかけようとして、真砂子はハッとした。

「ねえ、正樹ちゃん」

と、甥っ子を呼ぶ治美の猫なで声が聞こえてきたのだ。「この傷はね、あなたのパパにおばちゃんの腎臓を一つあげたときにできたものなの。名誉の負傷じゃなくて、名誉の手術跡。すごいでしょう？」

真砂子は、息を呑んだ。治美は、正樹を抱いて一緒に入浴しながら、小さな甥っ子相手に自分の身体の傷を見せながら説明しているのだ。

「あなたのパパのお腹の中にはね、おばちゃんの丈夫な腎臓が入っていて、毎日きちんと動いてくれているの。だから、あなたのパパとおばちゃんとは切っても切れない絆で結ばれているのよ」

そこで、小さな笑い声が上がった。風呂に入って気持ちよくなったのだろう。聞き慣れたわが子の笑い声だ。

「おかしいでしょう？　もしかしたら、あなたのママよりも絆は強いかもね」

それに応じるように、ふたたびわが子が笑った。

「正樹ちゃん、もう少し大きくなったら、猫を飼いましょうね。赤ちゃんのころから動物と一緒に生活すると、情緒豊かな人間に育つんですって。ねえ、猫ちゃん、かわいいわよ」

それ以上そこにとどまることはできなかった。めまいを覚えて、真砂子は居間に戻り、「あなたがかわりに行って」と、寛之に頼んだ。風呂場での治美の生々しい「語りかけ」を、彼女の弟である寛之に話せるはずがなかった。

それをきっかけに、真砂子の産後うつに似た症状はひどくなっていった。突然、気分が沈んで涙が出たり、逆に気分が高ぶって心臓がひどく脈打ったりする。食欲が落ちて、眠りが浅くなった。

「大丈夫か？　しばらく仕事を休んだほうがいいんじゃない？」

心配した寛之がそう提案したが、意地でも仕事は続けたかった。専門職を持つ母親としての姿を息子たちに見せることで、治美に対抗したい気持ちがあったのかもしれない。そんな対抗意識から、前回の運転免許証の書き換えの際には、臓器提供の意思表示を問う項目に丸をつけたのだった。

――わたしだって、機会があれば臓器くらい提供できるわ。

気分が不安定なそんなときだったから、心に隙が生じたのだろうか。勤務先の調剤薬局で、小さな「事件」が起きた。高齢の女性に服薬指導をして薬の入った袋を渡した直後、その女性が戻ってきて、「もらったお薬が見あたらない」と訴えた。

「確かに渡しましたよ。どこかに落としたのでは？」

外に行き、女性と一緒に探したが、見つからない。女性が医師から処方されたのは、月に一度定期的に処方されている骨粗しょう症の予防薬と睡眠導入剤だった。

上司に相談して、もう一度処方して薬を渡すことにした。が、薬を拾った誰かが口にしたり、他人に飲ませたりしては危険だ。いちおう遺失物として警察に届けた。

ところが、仕事を終えた帰り道、ふと目をやった歩道の植え込みに見覚えのある袋が落ちているのに気づいた。中身はやはり薬で、あの高齢の女性の落とし物だった。

真砂子は迷った末に、職場に報告せずに、それを隠し持つことにした。職場では薬は厳重に管理されており、一錠でも紛失したら騒動になる。自分の不眠を解消したかったのではない。何かに使えるのでは、という曖昧な目的のために持ったままでいたのだ。曖昧なとはいえ、脳裏には一人の人物の顔が浮かんでいた。

治美の顔だった。

――寛之さんの言うとおり、お義姉さんは、子供も持たず、一生独身でいるだろう。そうすれば、わたしの子供たちへの執着心は増す一方だ。

曇りガラス越しに風呂場で聞いた治美の猫なで声が耳から離れず、真砂子は気が変になりそうだった。

――お義姉さんは、生体間腎移植を通した姉と弟の絆を強調して、わたしにかわって、あの子たちの母親になるつもりなのだ。

――わたしが邪魔だから、わたしに猫アレルギーがあるのを知っていて、遠ざけるためにあえて猫を飼おうとしているんだ。

猫に触っただけで、くしゃみがとまらなくなる真砂子である。猫アレルギーを持っていることを直接治美に伝えた覚えはなかったが、寛之から義姉に伝わった可能性は考えられる。

子供たちに接しているときは極力考えないようにしていたが、仕事中はずっと治美の悪意を含んだ「戦略」にどう対処しようかと考えていた真砂子だった。

患者の薬を調剤するときに、〈これが毒薬で、お義姉さんに飲ませることができたら〉などと想像したり、自宅に隠し持っている睡眠薬を治美のコーヒーに混ぜて飲ませ、酩酊《めいてい》状態で車の運転をする治美の姿を想像したりした。

そうやって、心の中では何度も何度も、治美を殺していたのだった。

――寛之さんの腎臓が機能不全になりますように。

子供たちを保育園に預けてから職場に向かう途中、神社の前を通る。毎日、手を合わせて祈った。すべては、治美と寛之の生体間腎移植から始まっている。治美が自分の腎臓を片方、弟に提供したことで絆の強さを必要以上に強調し、妻である真砂子の優位に立とうとしているのである。いっそのこと、寛之の体内から「治美の腎臓」を取り除いて、人工透析の生活になればいい、とさえ望んだ。

医学書で、移植した腎臓が機能して人工透析に戻らずにすむ年数――生着率を調べてみたが、生体間腎移植では移植後十五年機能するケースが六十パーセント以上とかなり高い。いまのところ、多忙な仕事や育児からくる疲労をのぞけば、寛之の身体にとくに異常は見られない。

――いまの腎臓が機能不全に陥って、かわりにわたしの腎臓を片方、寛之さんにあげることができたら……。

そこまで想像するに至って我に返り、過激な想像をしてしまう自分に恐怖を覚えたこともあった。

そして、正樹と勇樹が二歳の誕生日を迎える直前だった。

その日の朝早く、寛之は顧客との打ち合わせのために自家用車で栃木方面に出かけた。そのあと真砂子は、いつものように二人用のベビーカーに正樹と勇樹を乗せて保育園に向かった。寛之の車が事故を起こしたと連絡があったのは、子供たちを保育園に送り届けて、職場に着いた直後だった。ハンドル操作をあやまって街路樹に衝突したという。

その知らせを聞いた瞬間、真砂子は総毛立った。人の不幸を祈った報いを受けたのだ、と思った。

8

「ご主人は、ハンドルに顔面を強く打った影響で、視神経を損傷しています。視力の低下が起こり、いずれは失明するおそれもあります」

真砂子は、医師からそう説明を受けた。どうやら寛之は、運転中に眠気に襲われて、うとうとしてしまったらしい。自損事故なのが不幸中の幸いだったが、失明するおそれもあると聞いて青ざめた。

しかし、命は助かったのである。自分がしっかりしなければいけない、と真砂子は自分の胸に言い聞かせた。

「今後のことですけど」

集中治療室で顔に包帯を巻かれてベッドに横たわっている寛之を見舞ってから彼の実家に行くと、治美と義父を前に、まず医師の説明を伝えて切り出した。「視力が低下して、寛之さんは一人では出歩けなくなると思います。わたしが仕事を休んで、寛之さんに付き添います」

治美と義父は、悲痛な表情で顔を見合わせた。

「そんなわけですから、寛之さんにかかりきりになって、正樹と勇樹の世話がおろそかになると思います。お義姉さんにはいままで以上にご面倒やご苦労をおかけすることになりますが、どうかあの子たちをよろしくお願いします」

真砂子は、治美に向かって深々と頭を下げた。寛之の治療方針が定まり、仕事面での展望が開けるまでは、二人の子供を治美に託して、自分が彼の目のかわりをするつもりでいた。

「わかったわ。二人のことは任せといて。寛之のことはあなたに任せるわ。それにしても、寛之の目がどうなるのか。手術をすれば視力は戻るのかしら」

「それはまだわかりません。いずれにせよ、職場復帰まではかなりの時間がかかるでしょう」

「そうよね、そうよね」

治美が、自分を鼓舞するように小刻みにうなずいたのに対し、

「目が見えなくなったら、どうするんだ。寛之は、わが子の成長も見られなくなるのか。あいつの人生は終わりなのか」

と、義父が不安をあおるようなことを言い出したので、

「お義父さん、そんなふうに決めつけないでください。これからは、お義父さんもわが家のために力を貸してください。自分のことは自分でするように心がけてください」

と、真砂子はきつい口調で諭した。

その言葉が効いたのか、それまで家事などほとんど手伝わなかった義父が、買い物を中心に掃除や洗濯などもするようになった。

最初は休職するつもりだった真砂子は、思いきって退職届を出した。寛之の治療

がいつまでかかるかわからない。薬剤師の資格があれば、駅前のドラッグストアなどでパートの需要もある。寛之の容態や症状を確かめてから、自分の働き方を考えるつもりだった。

退院した寛之の視力は、医師が言ったとおり、足元がぼんやりとしか見えない程度にまで落ちてしまっていた。

9

「寛之さん、ほら、そこ。段差があるから気をつけて」

「三歩行ったら、曲がり角になるから。目印はこの電柱。ほら、触ってみて」

「そうそう、その調子。で、ここが横断歩道よ」

「ああ、ここはいつも自転車がいっぱい並んでいるから、ぶつかると怖いわね。杖《つえ》で叩《たた》いて、点字ブロックを確認してね」

「ここは甘い匂いがするでしょう？　ケーキ屋さんなの。で、お隣が銀行」

真砂子は、白い杖を持った寛之に付き添って、自宅の周辺の道案内を日課にした。

医師にも説明されたが、アイバンクに登録しても、いつ手術を受けられるかわからないという。一年以内に受けられる人もいれば、諸事情から五年も十年も待っている人もいるという。

視覚障害者なりに、なるべく自立できるようにとの配慮から始めた訓練を兼ねた散歩だった。寛之を励まし、希望を持たせる目的もあった。

「目が見えなくても、コンピュータープログラムの仕事をしている人だっているのよ」

退職して時間に余裕ができた真砂子は、福祉施設などを回って情報を集めた。

「そうだな。あの子たちはまだ小さいんだ。がんばらないとな」と、寛之も前向きな姿勢になった。

——わたしが彼の目になっている。

はたから見たら幸せとは言いがたい状況なのに、真砂子は幸せをかみ締めていた。それぞれ役割を与えられて、家庭も前よりうまく機能している。夫の体内では義姉からもらった腎臓が機能しているかもしれないが、いまは妻の自分が夫の二つの目のかわりをしているのだ。治美に打ち勝ったような優越感や満足感にとらわれていた。

——この幸せがいつまでも続きますように。

そんなふうにさえ祈ってしまい、いけない、夫の回復を望まないと、と心の中であわててかぶりを振るのだった。

そして、訓練を兼ねた散歩をふた月ほど続けたころだった。

そのころには、ドラッグストアでパートの仕事を始めていた。やはり、収入源はあったほうがいい。

寛之との散歩を終えて、彼を実家に送り届け、「お願いしますね」と治美に託した。

「ほら、ママはお仕事なの。行ってらっしゃい、って手を振りましょう」

治美は、保育園に行くしたくをさせた正樹と勇樹に言って、もみじのような手を振らせた。

「マミーは？」

と、あどけない顔で治美を見上げたのは、勇樹だった。治美は、甥《おい》っ子たちに「治美」を縮めて「ハミ」と呼ばせていたが、それがいつしか「マミー」になった。そのほうが発音しやすいのだろう。

「マミーはお仕事に行かないの」

「じゃあ、一緒に遊ぼう」と、正樹も勇樹も治美にまつわりつく。

「保育園から帰ってからね」

その様子を見て、真砂子の胸は痛んだ。正樹も勇樹も治美にすっかりなついていて、ときには母親の真砂子以上に慕っているように見える。だが、気にしないようにしよう、と心に決めていた。治美は、所詮、伯母なのだ。母と子の強い絆に勝てるはずがない。

10

駅前のドラッグストアで午後四時まで勤務し、帰路についたときだった。ドラッグストアの近所のビルで外壁の修繕工事が行われているのは知っていた。だいぶ老朽化したビルで、外壁の一部がはがれ落ちたことがあって危険なので、修復が進められていたのだ。

シートでくるまれたそのビルに差しかかり、わずかな空気の流れに気づいて、真砂子はふと空を見上げた。

何かが落ちてくる気配がした。

意識が戻った。いや、目が覚めた。わたしの目が覚めたということは、かわりに彼——寛之さんが眠りに落ちたということだろう。もう何度も経験したので、わかっている。なぜ、こんな現象が起きるようになったのかも、過去のできごとを想起する作業を繰り返したので、ほぼわかってきた。

仕事帰りに修繕中のビルの下を通ったあの日、わたしは、落ちてきた何か——外壁の一部か、板材や木片のようなものか——に直撃されて、命を落としたのだろう。即死だったのか、どうだったのか、記憶がまったくないのでわからない。

まさか、そんな事故に遭遇するとは……。運が悪かった。ビルはシートで覆われてはいたが、シートのつなぎ目から落ちたのか、あるいは屋上近くから落ちたのか。わたしの死後に、医療従事者が運転免許証の臓器移植の項目を見て、角膜移植を行う判断がなされたのだろう。

——しかし、なぜ、わたしの角膜が寛之さんに？

角膜を含めた臓器移植の提供に関して承諾の意思表示はしたものの、家族に優先的に提供するという意思を示した覚えはない。生前、寛之さんに伝えたこともなかった。

わたしの角膜を寛之さんに移植する手術が成功して、彼の目が見えるようになったから、彼の睡眠時にわたしの意識が目覚めるという怪奇現象というか、超常現象が起きているのだろう。角膜に潜んでいたかすかなわたしの意識が、こうした特異な状況下で目覚めたのだろうか。

理由はわからない。しかし、現にこういう現象が起きているのである。

——文書などいくらでも偽造することができる。

たとえば、お義姉さんがわたしの書いたものを見て、わたしの字に似せて書いたとしたら……。

——まさか、お義姉さんが……。

——あのとき、修繕中のビルの上にいたとしたら……。

正樹も勇樹もまだ二歳になったばかりである。成長しても母親の記憶など少しも残っていないだろう。お義姉さんを実の母親のように思って育つはずだ。

——あの女はそこまで計算に入れて……。

恐ろしい想像をさらに巡らせる前に、わたしの意識は薄れていった。

第二話　ガラスの絆

1

自分が一人っ子だということを意識したのは、小学校の二年生のころだったと思います。

何の授業だったか忘れましたが、机に広げた教科書に家族のイラストが載っていて、そこにお父さんとお母さん、それに子供が二人描かれていたのを見たときでした。家族四人で食卓に着いていて、子供二人は両親と向かい合って座っていました。男の子と女の子。女の子のほうが大きかったからお姉さんで、男の子は弟だったのでしょう。

——子供が一人しかいないわたしの家庭は、特殊なのか。

ぼんやりとそんなふうに感じたのを覚えています。

　そういえば、とわたしは自分のまわりの友達の家庭を思い浮かべました。仲よしの朋美《ともみ》ちゃんのところは、妹がいて、近所の咲子《さきこ》ちゃんのところは、お姉ちゃんと弟がいます。ついでに、おじいちゃんとおばあちゃんも一緒に暮らしています。近所の佳恵《よしえ》ちゃんのところは、お姉ちゃんのほかに佳恵ちゃんの双子の妹がいて、双子の妹は佳恵ちゃんにそっくりで区別がつきません。わたしは、佳恵ちゃんにだけある少し顎を上げたときに見えるホクロで、二人を見分けていました。佳恵ちゃんのお母さんのお腹は大きくて、佳恵ちゃんは「もうじき弟か妹が生まれるんだよ」と、嬉しそうに話していました。

「どうして、わたしにはきょうだいがいないの？」

　と、お母さんに聞いてみたことがあります。

「どうして、って……」

　お母さんはちょっと困った顔をして、「お父さんが」と言いかけて言葉を切りました。

「お父さんがどうしたの？」

「何でもないの」

お母さんは、首を横に振って話題を変えてしまいました。

「きょうだいがほしい」

お母さんに願望をぶつけたこともありました。

「お兄ちゃんがほしい」

無理だとわかっていたけれど、いちおうリクエストしてみました。

「お兄ちゃんは無理よ」

案の定、お母さんは笑って答えました。

「じゃあ、弟がほしい」

朋美ちゃんの家に遊びに行くと、いつも朋美ちゃんが人形の取り合いっこをして妹を泣かせていたし、家の近所では咲子ちゃんがお姉ちゃんのあとを金魚のフンのようについて回り、お姉ちゃんに「あっちに行って」と追い払われて泣いていた姿を見ていたので、女のきょうだいはほしくなかったのです。

「ねえ、弟を産んで」

わたしは、そうしつこくねだって、お母さんを困らせたみたいです。

成長したのちに「不妊症」という言葉を理解しましたが、子供時代はそんな言葉を知るよしもありません。

ところが、その後、思いがけない経緯でわたしに弟ができたのです。

2

わたしが中学校に上がる直前、両親は離婚しました。母親に向けたしつこいリクエストが原因の一つだったのかどうか、それはわかりません。母が家を出ていき、わたしはもとの家で父と、父の母親、つまり、祖母と住むことになりました。祖父が亡くなって以来、田舎で一人暮らしだった祖母を引き取った形でした。

一緒に暮らし始めてしばらくして、祖母から「おまえのお母さんは、よそに男をつくって出ていった」と聞かされたので、父に「本当なの？」と確認しましたが、父は言葉を濁して否定も肯定もしませんでした。

祖母が料理を作ってくれたり、掃除や洗濯をしてくれたりするのは助かったけれど、父が出張で不在の日などに、家事の手を休めて、「あのね、おまえのお母さんはね」と、わたしの母の悪口を言い始めるのはいやでたまらなかったのです。悪口が始まると、「宿題があるから」と、自分の部屋に避難することにしていました。

わたしにとって、母はきれいでやさしくて、理想の母親でした。叱られた記憶もありません。むしろ、叱る役目はお父さんのほうでした。「手をきれいに洗いなさい」「靴を揃えなさい」「宿題をしなさい」「テレビの見すぎはよくない」「早く寝なさい」などと、口やかましいくらいでした。

けれども、父が母に対しても口うるさかったという記憶はまるでないのです。父と母とは十歳年が離れていましたが、父が母に高圧的に接していた感じは受けなかったし、母に向かって声を荒らげたりする光景も見たことはなかったので、子供の前でもベタベタするほどの親密さではなかったにせよ、夫婦仲が悪くて離婚したとは思えませんでした。

あの日、学校から帰って、いつもは家にいるはずの母がいなくて、居間の目につくところに注文してあった中学校の制服と鞄《かばん》が置いてあるのを見た瞬間、わたしは不安に駆られました。父が会社から帰宅しても母は帰らず、「お母さんは家を出ていった」と聞かされました。

「母親に捨てられた」と、母親を恨むのが普通かもしれませんが、なぜかわたしは家を出ていった母を恨む気にはなりませんでした。母に愛された記憶が強かったせいでしょうか。母がわたしを裏切るはずがない、と胸を張って断言することができたのです。真新しい制服のポケットに折りたたまれた手紙が入っていて、そこに「お母さんはいつもあなたのそばにいます。自信を持って強く生きてね」と、書いてあった言葉に勇気づけられ、励まされたからかもしれません。

――そう、お母さんはいつもわたしのそばにいる。

離れていようと、わたしたちはつながっている。そう実感することができたのです。

とはいえ、中学二年生になった夏、「おまえのお母さん、再婚して、男の子が生まれたんだよ」と、祖母に聞かされたときは、ひどく動揺しました。母は三十歳でわたしを産んだから、二回目の出産時は四十代半ばくらいになっていたはずです。かなりの高齢出産です。

動揺はしたものの、〈そうか、父親が違うとはいえ、血のつながった弟ができたのだ〉という事実に気づいて、何とも言えぬ高揚感も覚えました。

――いつか、弟に会ってみたい。

そういう願望を抱えたまま、わたしは一度も弟はおろか、母親にも会う機会は持たずに、高校に進学し、大学に入りました。

女子大の家政学部の被服学科で染色加工を学んだわたしは、絵の具を製造、販売する会社に就職しました。

大学で学んでいたとき、まわりに奨学金をもらってアルバイトをしながら通っている学生が何人かいたので、両親の離婚後も生活力のある父親のもとにいて、祖母が家事を担ってくれていた自分は幸せだったのだ、とはじめて二人に感謝しました。その祖母は、わたしが大学に入学した年に他界していました。わたしの家に来たときにすでに七十代半ばだったのだから、その年齢で家事全般を担うのは大変だっただろう、とあとになって彼女の苦労に思い至った次第です。

わたしが就職したときには、父は定年退職の年齢に達していました。「家にいても落ち着かない」と言って、自分で見つけた小さな会社にそれまでと変わりなく通勤していました。

再婚して新しい家庭を持っていた母からはじめて手紙がきたのは、そんな折でした。父や祖母への遠慮もあって、わたしからは再婚した母の住所を聞いたことはありませんでした。けれども、実家に住み続けているのだから、あちらは連絡をしようと思えばできたはずなのです。でも、一度も連絡をよこさなかった母を恨む気持ちは、やはりわたしの中には生まれませんでした。

――お母さんはいつもあなたのそばにいます。

置き手紙にあったあの言葉を信じていたからです。

「博美《ひろみ》、就職おめでとう。いままでよくがんばってきましたね。博美と一緒にいられなくてごめんなさい。でも、お母さんは、いつもあなたのそばにいましたよ。これからもずっとあなたのそばにいます」

それだけの文面でしたが、すべての言葉がすっと心に染み入って、母の気持ちを素直に受け入れることができました。

――やっぱり、お母さんとわたしはつながっている。

そう強く感じられたのです。

当初は実家から通勤していましたが、三年目に千葉県内の研究所に行くように言われたわたしは、一人暮らしをすることに決めました。一人で暮らし始めて二年たったある日、春物のコートを取りに実家に行ったわたしはびっくりしました。出迎えたのは、見知らぬ女性だったからです。父と同世代か、少し年下でしょうか。夕飯どきで、食卓で父と二人、鍋を囲んでいました。

「ああ、この人は永井《ながい》さん。新しい会社で知り合った人だよ」

「はじめまして、永井です。博美さんね？　よろしくお願いします」

声の表情からして、もうだいぶ親しいつき合いなのでは、とわたしは推察しました。

――お父さんは、離婚してからずっと独り身でいてくれたのだから、これからは好きにしていいよ。

わたしの心は、寛容になっていました。一人っ子だから、ゆくゆくは年老いた父親の世話をしなければいけない、と覚悟はしていたけれど、自分一人の肩に責任がのしかかると思うと気が重くなります。伴侶がいてくれたら心強いです。

「わたしの部屋も自由に使ってね」

そう彼女に告げて、わたしは自分のものをすべて実家から引き取ることにしました。

したがって、少したって「籍を入れることにしたから」と、父から報告を受けたときも、心から祝福することができたのです。まわりからは、「熟年再婚されたら、お父さんの財産の半分を妻に持っていかれるのよ。一緒に住むだけでいいじゃない」と言われ、入籍に反対する人もいたけれど、まったく気になりませんでした。

一人っ子で育ったから、家族の多い家庭を望んだこともあります。けれども、一見、幸せそうに見える夫婦のあいだにも亀裂が入る可能性が否めないのは、自分の両親のケースでわかっています。夫婦は、所詮他人同士。信じられるのは自分自身。わたし自身に力があればいい。幸い、生きがいの感じられる仕事にも就いています。わたしは、一生独身でもかまわないとさえ思っていました。

3

仕事に没頭して、気がついたら三十六歳。職場でそれ相応のポストも与えられていた時期でした。

「お父さんが倒れて、入院したの」

義理の母から連絡があって、病院に駆けつけてみると、父は意識不明の状態でした。

医師から病状について説明があり、本人も知らないうちに糖尿病が進行していて、体内で動脈硬化が起きており、血栓ができてそれがどこかの血管で詰まったらしい、という経緯は理解できました。

それから十日後に、意識が戻らぬまま、父は息を引き取りました。

父の葬儀は密葬にしましたが、寂しいものでした。もともと係累の少ない父です。

「博美さんは、これから……」

葬儀のあとで義母が言いにくそうに切り出したので、「どうぞ、実家に住み続けてください。わたしは何もいりませんから」と、わたしから伝えました。義母との縁を切るつもりはなかったのですが、産みの母がいるのに、これから義母と仲よくするのは気が引けたのです。

そして、「父が亡くなりました」と、手紙を書いて母に出しました。返事をよこしたのは、母ではなく、母の息子、つまり父親の異なるわたしの弟でした。

＊

姉さん、はじめまして。隆志《たかし》です。このたびはご愁傷様でした。

会ったこともないのに「姉さん」と書くのはおかしいですね。でも、母から「あなたには姉がいる」と聞かされていたので、身近な存在に感じていたのです。

母が姉さんに話があるそうです。驚くかもしれませんが、母もいま病院にいるのです。行けばわかりますが、特別な病院です。母が姉さんに会いたがっています。母はずっと姉さんに会いたかったのですが、その気持ちを無理やり抑えていたようです。

ぜひ母に会ってあげてください。よろしくお願いします。

4

二十数年ぶりに会った母は、恐ろしいほど小さく縮んでいました。母の入っている施設がホスピスと呼ばれる場所だと知って、〈ああ、お母さんの余命は短いのだ〉と、わたしは悟りました。

父親の違う弟――隆志が施設の住所を手紙に書いてくれたので、直接母を訪ねたのです。いつ生き別れた娘が訪ねてきても会えるように、母は施設のスタッフに伝えていたようです。受付で氏名を名乗ると、すんなり中に入れてもらえました。

母は個室にいて、ベッドの傍らに置かれた安楽椅子に背をもたせかけて座っていましたが、ふだんはベッドで寝ているのでしょう。娘を迎え入れるために無理を押して起き上がり、安楽椅子に場所を移したという状況がわたしにはわかりました。

「ご無沙汰しています、お母さん」

ビジネスライクな挨拶が、わたしの口から飛び出しました。しかし、「お変わりないですか?」とは続けられません。病人なのは明らかです。

「博美、大きくなったわね」

目を細めての母の第一声はそれでした。

「もうじきアラフォーだもの」

わたしは苦笑して、母の前に座りました。あえて、病名は聞かずにおこうと決めていました。

「そう。そんなになるのね。あたりまえよね」

と、母も苦笑しました。「でも、最後に会ったときからまた大きく成長したと思ってね。内面的に成長した影響もあるのかしら」

「最後って？」

「ときどき近くまで行って、あなたの姿を見ていたのよ」

「えっ……いつ？」

「家の近くだけじゃなくて、学校の近くとかね。高校や大学のときも」

母は、小さく吐息を漏らしてから言葉を重ねました。「節目節目に、お父さんから報告は受けていたから」

「そうなの。それで……」

死んだ祖母が母の再婚や出産を知っていたのも、細いつながりを保ち続けていたからなのでしょう。けれども、父の口からは、母の近況について何も聞かされたことはなかったのです。

「いまさら聞くのもおかしいかもしれないけど、二人はなぜ離婚したの？」

「おばあちゃんから何か聞いていない？」

「おまえのお母さんは、よそに男をつくって出ていった、って。お父さんに確認したら、否定も肯定もしなかったけど」

「そのとおりよ」

寂しげに微笑《ほほえ》んだ母の頰は肉が削《そ》げ落ちていて、痛々しいほどでした。

「お父さんより好きな人ができたの。博美に恨まれて当然よね」

「わたしは、お母さんのことを恨んでなんかいない。恨んでいたら、ここには来ないもの」

「ごめんね、博美。隆志に頼んで、あなたを呼び立てたりして」

母は、苦しそうに背中をずらして言いました。呼吸するのもつらそうで、わたしの胸は締めつけられました。

「お父さんが亡くなったいま、あなたにどうしても伝えたいことがあってね」

何だろう、とその瞬間、張り詰めた空気を察知して、わたしは身構えました。

「お父さんは、糖尿病がきっかけで亡くなったとか。病気が遺伝性のものかもしれない、とあなたが考えているのではないか、と心配になってね」

「親子で体質が似るから？」

「その逆よ」

と、母は謎めいた言い方をしたのちに、想定外の話を始めました。「あなたは、お父さんの体質を受け継いでいない。だから、安心して、と言いたかったの」

「どういう意味？」

「あなたと死んだお父さんとは、血がつながっていなかったから」

「えっ？」

そのときの衝撃は、言葉では言い表せません。

「もしかして、お母さん、ほかの男性と……」

「違うの」

母は苦しげな呼吸の中でも激しく首を横に振ります。「わたしたち、結婚したのは早かったけど、なかなか子供に恵まれなくてね。それで、不妊治療を始めて個々に検査したら、お母さんは妊娠可能な身体だったけど、お父さんのほうに問題があることがわかって。無精子症で、子供が作れないことが判明したの」

——それで、「どうして、わたしにはきょうだいがいないの？」って聞いたとき、

「お父さんが」なんて言いかけたのね。

わたしは、幼い昔を回想しました。

「お母さんは、子供がいなくても、二人で人生を楽しめればそれでよかったの。だけど、お父さんがすごく子供を望んでね。第三者に精子を提供してもらって、人工授精で子供を授かる方法があるのを知ったとき、お父さんが先生に『お願いします』って頼み込んだのよ。紹介状を書いてもらって、K大学病院に行ったの。そこでは、不妊治療の一環としてそういう方法も勧めていたから」

──非配偶者間人工授精？

母がいま説明しているのは、それではないのか。新聞やネットの記事などで目にした覚えのある言葉が、わたしの頭に浮上してきました。

「じゃあ、わたしの本当の……生物学上のお父さんは誰？」

当然、疑問や興味はそこに向けられます。

母は、黙ってまた首を横に振ると、すまなそうな表情で言いました。「提供者の情報については教えてもらえないことになっていたの。博美には話さずに、この秘密を墓場まで持っていこうと思っていたんだけど、昔、『きょうだいがほしい』とねだったあなたの邪気のない顔を思い出して、あの世に旅立つ前に真実を話しておかないといけない。そう思い直してね。お母さんもあなたにきょうだいを作ってあげたかったけど、あの家では無理だったのよ」

「お母さんは、再婚して男の子を産んだのよね。隆志君を」

「ええ、あの子も一人っ子なの。あの子の父親も、一昨年、仕事中の事故で亡くなって。だから、お母さんがいなくなっても、隆志と仲よくやってね。心根のやさしい、とてもいい子なのよ。隆志をよろしくお願いします」

お母さんは、近くにおいで、と手招きすると、最初に硬く手を握り、それからわたしの頭を愛《いと》しそうに撫《な》でました。

5

それから一か月後に、母は亡くなりました。

密葬の席で、わたしははじめて異父きょうだいの隆志と会いました。ちょっと垂れ目の目元が母によく似た、おとなしそうな青年でした。専門学校を出て、作業療法士として、都内の病院に勤めているといいます。

その隆志の話で、母と隆志のお父さんとの関係を知ることができました。わたしの父と母とは見合い結婚でしたが、母と隆志のお父さんは中学校の同級生で、一緒にクラス委員を務めた仲だったそうです。隆志のお父さんは、実家の傾きかけた工務店を手伝っていたため婚期を逃し、四十歳を過ぎるまで独身でいたのですが、両親が亡くなり、工務店をたたんで、工場で働き始めたときに、街中でわたしの母と再会しました。お互いに懐かしい昔話で盛り上がり、話が弾むうちに思春期の淡い恋心が再燃して、というパターンだったようです。

その話を聞いても、不思議とわたしは母に嫌悪感を抱きませんでした。母と父との特別な関係を知ってしまったからでしょうか。

――わたしとお父さんとは、血がつながっていなかったんだ。

そう認識すると、いろいろな謎が氷解していきました。小さいころから「お父さん似だね」と、周囲から一度も言われたことがなかったけれど、それも当然だったのです。母がわたしを叱らず、あくまでもやさしい母親でいたのは、伴侶が望んだ非配偶者間人工授精――ＡＩＤをすんなり受け入れたように、その方法で生まれた子供のわたしもあるがままに受け入れようとした姿勢の表れではなかったのでしょうか。対して、父のほうは、自分の血を引かない、ほかの男の血を引いた子供ゆえに、わが子と変わりなく厳しく接しようとしてかえってぎこちなくなってしまったのかもしれません。

――父も母も、お互いに相手への遠慮があったのだ。

そんなふうに解釈すると、結婚生活がうまくいかなくなった理由も納得できる気がしました。そして、どれだけ離れていようと母に対して不信感を抱かなかったのは、血のつながりの強さが影響していたのではないかと思えたのです。

母の四十九日の法要は、隆志と二人だけで、練馬区内の彼の家で執り行いました。といっても、形式ばったことをしたわけではありません。母が好きだったすき焼きの食材を持っていき、きょうだい二人で鍋を突《つつ》いて母を偲《しの》んだだけです。

隆志のお父さんがローンを組んで購入したという建売住宅は、わたしの実家と間取りがよく似ていました。一階に台所と居間と和室があり、二階には二部屋のほかに小さな納戸があります。

「お父さんもお母さんもいなくなって、ぼく一人には広すぎて」

テーブルに鍋をセットして、向かい合って座ると、部屋を見回して隆志が言いました。

「ここをわたしの実家だと思っていい？」

冗談のつもりで発した言葉に、

「もちろん、いいですよ。姉さんのお母さんが住んでいた家だから。自分の実家のつもりで、いつでも好きなときに来てください」

と、隆志は嬉しい反応を返してくれました。

「きょうだいなんだから、敬語はやめようよ」

「あ……そうですね。わかりました」

ビールで乾杯して、すき焼きを食べ始めたら、箸の持ち方や食べ方が似ていて思わず笑ってしまいました。

「隆志も最初に卵を割らない主義なのね」

「ああ、うん、お母さんがそうしていたから」

「具の中では何が好き？　牛肉以外で」

「焼き豆腐かな。姉さんは？」

「わたしも同じ」

おしゃべりしながら、箸を伸ばして取ろうとした牛肉が同じで、また声を上げて笑ってしまいました。

——やっぱり、血がつながっているきょうだいなのね。食べ方も好物も一緒。

わたしは、ささやかな幸せをかみ締めていました。

「隆志、お母さんからわたしのことで何か聞いていない？　ほら、手紙をくれたとき、『母が姉さんに話があるそうです』って書いてあったでしょう？」

「いや、別に何も。家を出てからずっと会っていなかったから、最後に娘と会って話したかったんだろうと思ってね。お母さんは、自分の命が長くないのを知っていたし」

「ああ、そうなのね」

わたしは、ホッとしました。わたしが非配偶者間人工授精で生まれた子供だったことを、母は隆志には話さなかったのです。知らないほうがいい、と思いました。同時に、隆志が羨ましくてたまらなくなりました。自分の父親が誰なのか、彼はちゃんと知っています。ところが、わたしはといえば、自分の父親がどこの誰なのかもわからないのです。身体の半分は母から受け継いだものとして、残り半分は一体、誰から受け継いだものなのでしょう。

――自分のルーツがわからない。

わたしは、深くて暗い闇の中を手探りで歩いているような感覚にとらわれました。暗闇の中で迷子になり、頭を抱えてその場に座り込む。そういう夢を何度も見ました。

そして、決めたのです。わたしの母に精子を提供した男性――自分の生物学上の父親を探そうと。

6

肇《はじめ》さんと出会ったのは、都内で開かれたシンポジウムの会場でした。「生殖医療の今後を考える」というテーマで、不妊治療を専門とする大学教授や医師、長年の不妊治療の末に子供を授かった女性評論家、夫の精子を用いて外国人女性に代理出産を依頼した女優、ＡＩＤで生まれたことを公表して本を出版した男性、日本初の精子バンクの女性代表者がパネリストとして参加していました。

自分の生物学上の父親を探そうと決めたときから、ＡＩＤや代理出産や精子バンクなどを含めた生殖医療にかかわる知識を得るために、そして、生殖医療の現状を把握するために、時間があるときには積極的にその種の講演やシンポジウムに出向くようにしていたのです。

シンポジウムが終わって会場を出ようとしたとき、ホールでいきなりマイクを向けてきた男性がいました。傍らにはビデオカメラを持った男性もいます。

「あなたは、医療関係者ですか？」

唐突に聞かれて、

「いいえ、違います」

と、顔の前で手を振り、立ち去ろうとしたのですが、マイクを持った男性はしつこく追いかけてきます。

「アラフォーとお見うけしましたが、結婚されていますか？」

「いいえ」

「では、精子バンクに興味があっていらしたのですか？」

「えっ？」

「出産するとしたら、どんな精子をお望みですか？　高学歴で高身長の男性の精子？　イケメンの精子？　日本人以外でもいいですか？　たとえば、イタリア人の精子とか？」

何て不躾《ぶしつけ》な質問を突きつけるのだろう、と呆気《あっけ》にとられていると、

「ああ、お待たせ」

と、またいきなりわたしの腕をつかんだ男性がいたのです。「さあ、あっちへ行こう」と、彼はわたしを戸口のほうへずんずん引っ張っていきます。外に出ると、「大丈夫ですか？　失礼なやつらですよね」と、その男性はパッと腕を放して言いました。

——窮地を救ってくれたのだ。

状況が呑み込めたわたしは、「助かりました。ありがとうございました」と礼を言い、立ち去ろうとしたのですが、ふっと彼に興味を持って、「どういう関係でここにいらしたのですか？」と尋ねてみました。

「製薬会社の研究所にいて、新薬の開発をしています」

名刺を差し出してきたので、わたしも名刺を渡しました。

「一錠飲んだら妊娠できる。そういう薬が開発されたらいいですね。不妊に悩んでいる女性たちがどんなに喜ぶか」

大手の製薬会社の名前が書かれた名刺を見ながら言って、わたしはハッとしました。「いいえ、わたしのことではないです。わたしは未婚ですし。亡くなった両親が、昔、不妊治療をしていたので」とあわてて言い訳すると、「確かに、そういう薬ができるといいですね。女性の不妊も男性の不妊も、両方解決できるような薬が開発されれば。現段階では夢のような話ですけどね」と受けて、肇さんは笑いました。

吸い込まれそうな笑顔でした。はじめて会ったのに、どこかで会ったことのあるような懐かしさを覚えたので、「どこかでお会いしましたっけ？」と聞くと、「よく言われますよ。テレビに出ている何とかいう俳優に似ているのだとか」と言って、肇さんはまた笑いました。

初対面なのに、緊張せずに自然体で話せる人でした。喫茶店に入っておしゃべりし、それでも話したりなくてビアレストランに行き、ビールを飲みながらおしゃべりし、それでもまだ話したりずに、バーに入ってカクテルを飲みながら静かに語り合いました。

聞き上手というのか、こちらの胸襟を開かせるのがうまいというのか、肇さんの前だと何でも話せるのです。操られるように、自分の身の上――ＡＩＤで生まれたことを打ち明けていました。

「パネリストの中に、あなたと同じようにＡＩＤで生まれたことを公表した男性がいましたね」

肇さんは、シンポジウムのパンフレットに目を落としました。「両親が通っていたという大学病院を特定して調べたけれど、結局、情報を開示してもらえなくて、精子提供者を探すのは断念したとか」

「ええ」

わたしも、壇上で調査の経緯を無念そうに語っていた男性の姿を思い出しました。その男性は医師で、医学部時代に病棟実習の過程で血液型を詳細に調べた結果、父親の遺伝子型を受け継いでいない事実が判明したというのです。それで、母親を問い質《ただ》したところ、大学病院でＡＩＤを受けたと告白されたといいます。精子提供者が当時の医学部の学生だったことまではわかったものの、それ以上の情報は得られなかったそうです。

「ＡＩＤについては、ぼくもひととおり調べてみたことがあります」

肇さんは、かすかに眉をひそめて説明を始めました。「第三者の精子提供による人工授精は、Ｋ大学病院で一九四八年ごろから始められたから、もう七十年以上になります。ＡＩＤで生まれた子供は日本に一万人から二万人はいて、正確な数字は把握できていません。ヨーロッパでは一九九〇年代に多くの国で生殖技術に関する法律が作られて、スウェーデンのように生まれた子供が出自を知る権利を認める国も出てきたけど、日本での法整備はかなり遅れていますね」

「あの男性が名前を公表しても誰も名乗り出ないのだから、わたしも父親を探すのは諦めました」

肇さんと話しているうちに、生物学上の父親探しなどどうでもよくなっていました。血がつながっていようがいまいが、わたしの父親は亡くなったあのお父さんなのだ、とすっきりした気持ちで思うことができたからです。お父さんは、血はつながっていなくても、離婚後も同じ屋根の下で一生懸命わたしを育ててくれたのです。お父さんなりにわたしを愛してくれていたのは間違いありません。

「わたしには、父親の違う弟がいるんですよ」

最後に、隆志の存在を伝えると、

「それは羨ましいですね。ぼくも一人っ子ですから」

と、肇さんは受けて、「いつか、ぼくも隆志君に会ってみたいな」と続けました。

7

デートを重ねるうちに、わたしたちは打ち解けていきました。肇さんが一学年上なだけなのがわかると、友達口調で話せるようになりました。

母の四十九日の法要を行って以来、メッセージのやり取りをするくらいで、会ってはいなかったのですが、肇さんが隆志に会いたがっていたので、二人が顔を合わせる機会を設けようと思い立ちました。その前に肇さんのようなすばらしい男性と出会ったことを報告しようと、仕事から帰っていると思われる時間帯に隆志の家まで行ってみました。

——自分の実家のつもりで、いつでも好きなときに来てください。

そう言ってくれたのだから、不意に押しかけてもかまわないはずです。

ところが、訪ねてみると、玄関に現れたのは、茶髪の二十歳くらいの若い女性でした。既視感にとらわれると同時に、妙な胸騒ぎを覚えました。一人暮らしを始めたあとに実家に行ったとき、わたしを出迎えたのは見知らぬ女性でした。その後、父はその女性と再婚し、現在、実家は彼女の持ち家になっています。父の死後、交流はまったくありません。

「どなたですか？」

茶髪の女性は、無愛想に問いました。

「隆志の姉です」

「へーえ、隆志にお姉ちゃんなんていたんだ」

初対面で明らかにわたしのほうが年上だとわかるのに、女性はタメ口で返しました。その上、隆志を呼び捨てにしています。

「隆志は？」

「具合が悪いと言って、上で寝てるけど」

わたしは急いで上がり込み、二階の部屋へ行きました。隆志は、ベッドで顔を赤くして横になっていました。

「熱があるじゃない。仕事は休んだの？」

おでこに手を当てると、ひどい熱さです。

「うん。だけど、大丈夫。風邪だと思うから」

隆志は、言葉とは裏腹に苦しそうに顔をしかめています。

「あの子は誰？」

「梨奈《りな》のこと？」

「梨奈さんというのね。彼女とはどういう関係？」

「事情があって、ひと月くらい前からうちにいる」

もっとくわしく二人の関係を聞きたかったけれど、いまはそんな場合ではありません。隆志の熱を下げるのが先決だと思い、階下に戻って氷を用意したり、卵粥《たまごがゆ》を作ったりしたのです。驚いたことに、梨奈さんは、ソファに足を投げ出して座ってテレビを観ているだけです。ソファのまわりには、お菓子の空き箱やスナック菓子の袋が散らかっています。

氷を包んだタオルを隆志の額に載せてやり、お粥を食べさせてから階下に行くと、わたしは黙ってテレビを消しました。それまでは必死に憤りを抑えていたのです。

「何するの？　観てるんだけど」

と、気色ばんだ梨奈さんが身体を起こしました。

「あなた、心配じゃないの？　つき合っている人が熱を出したら、看病するのが普通でしょう？」

「だって、風邪だから寝てれば大丈夫って、本人が言うから。冷蔵庫にはジュースも買ってあるし、レトルトのお粥も買ってきたけど、隆志は『食欲がない』って」

「熱で身体がふらついて、階段を下りるのもつらいのよ。飲み物もお粥も持っていってあげないと。隆志は、卵粥を『おいしい』って食べたわよ。何か食べないと体力がつかなくて、回復も遅れるでしょう？　あなた、それくらいわからないの？」

「うるさいオバサン！」

梨奈さんは、床にあったリュックをつかむと、ぷいと家を出ていってしまいました。

その夜は隆志の家にいて、氷を取り替えたり、汗を拭いたり、水分補給をしてやったりしました。そのかいあってか、翌朝には熱も下がり、起き上がれるようになりました。

「ありがとう。午後から仕事に行けそうだよ。姉さんこそ、寝不足なんじゃないの？　迷惑かけちゃってごめんね」

「何言ってるのよ。きょうだいなんだもの、あたりまえでしょう？」

隆志に朝食を用意してから、「ねえ、梨奈さんとはどういう関係？　どこで知り合ったの？」と、わたしは質問を切り出しました。

「彼女の友達が怪我で入院して、梨奈が見舞いに来ていたんだよ。友達のリハビリにもつき合ったりして、そのうち話すようになって。だけど、友達のリハビリが終わったら、彼女も来なくなって。それが三か月くらい前だったかな。このあいだ、彼女が病院の近くのコンビニの前でしゃがみこんでいたのを見て、話しかけたんだ。そしたら、バイトもクビになって、家にも帰りたくないと言って、それで……」

「ここに連れてきたの？」

「うん」

ばつの悪い顔でうなずいてから、でも、と隆志は顎を上げました。「小学校時代に両親が離婚して、母親に引き取られたあとで母親が再婚したんだけど、彼女はその再婚相手と折り合いが悪くてね。何度も家出をしたことがあるらしい。児童養護施設に預けられていた時期もあったとかで、複雑な事情を抱えたかわいそうな子なんだよ」

「家庭に恵まれなかったから、看病の仕方も教わらなかったの？」

わたし自身も両親の離婚を経験しているけれど、父親にも祖母にも愛情を注いでもらっていたから、梨奈さんに同情は覚えました。

「母親にネグレクトぎみに育てられたり、義理の父親には暴言を浴びせられたり、暴力を振るわれたりして、早く家を出たかったんだって。だけど、それだけのお金がなくて……」

「それで、隆志を頼ってきたのね？」

確かに、ここには空いている部屋もあります。

「梨奈さんが戻ってきたら、連絡してね。あなたの姉として、梨奈さんにひとこと言っておきたいことがあるから」

「姉さん……」

「大丈夫よ。梨奈さんと交際するな、とは言わないわ。あなたが梨奈さんを好きなら、姉としてわたしは応援するつもりよ。あなたには幸せになってほしいから」

8

二日後、梨奈さんは隆志のもとに戻ってきました。わたしが彼女に伝えたかったのは、たった一人の肉親だから隆志を大切にしてほしい、それだけでした。

——隆志をよろしくお願いします。

わたしは、亡くなった母に隆志を託されたのです。

「わたしと隆志とは、一緒に暮らしたことはないの。隆志は、わたしの母の再婚相手の子供で、大人になるまで会ったことはなかったから。梨奈さんのきょうだいは？」

「お母さんが再婚して、妹が生まれたんだよ」

唇を引き結んで答えない梨奈にかわって、隆志が答えました。

——そうか。梨奈さんにも父親の違う妹がいるのね。

継父が自分の血を引いた子をかわいがり、なつかない梨奈さんを疎ましく思って虐待したのでは、とわたしは推測しました。

——血のつながりなんて関係ない。血のつながりのない親子でも、愛情さえあれば本当の親子になれる。

梨奈さんにそう強調したかったけれど、わたしがＡＩＤで生まれたことは隆志にも話していません。このとき、二人に打ち明ける勇気はありませんでした。

それでも、わたしの心が通じたのか、梨奈さんは慣れないながらも掃除や料理などの家事をするようになりました。コンビニでのバイトも探して、隆志との堅実な同居生活をスタートさせたので、わたしは安心しました。

そこではじめて、肇さんに二人の関係を報告し、四人で会うことを提案しました。隆志に会いたがっていた肇さんです。

「あの二人、ずっといまのままというわけにもいかないから、きちんと籍を入れさせて、梨奈さんの親にも挨拶しないと」

「そうだな。いまは君が隆志君の母親がわりのようなものだからね」

二人の家を訪問する前に、肇さんとはそんな会話を交わしました。

ところが、四人で会食をする予定になっていた夜、隆志の家へ行ってみると、今度は梨奈さんが体調を崩してベッドで寝ていました。

「梨奈さん、大丈夫?」

「何だか吐き気がして」

もしやと思って、青白い顔をした梨奈さんに、「つわりじゃないの?」と確認すると、「だと思う」と答えます。

きちんと産婦人科を受診するように言い置いて居間に戻り、「梨奈さん、妊娠したみたいよ」と言うと、隆志は虚をつかれたような表情になりました。

「まさか、心あたりがない、なんて言うんじゃないでしょうね」

「いや、まあ、うん。だけど……」

「きちんとけじめをつけたほうがいい。父親の自覚を持つためにも籍を入れないとね」

男として先輩の肇さんの言葉は、効き目がありました。

隆志は、「はい」と神妙な顔でうなずいてから、「そっちはどうなの?」と、わたしたちに矛先を返してきました。「もうつき合ってだいぶたつんでしょう? 結婚しないの?」とまずはわたしに聞いて、「姉との結婚は考えていないんですか?」

と、肇さんに聞きました。

「考えているよ。君のお姉さんと結婚したい」

肇さんは、隆志の前ではっきりと意思表示すると、

「ぼくと結婚してください」

その場でわたしにプロポーズしました。もちろん、返事はイエスです。

わたしたちは、同じ日に役所に婚姻届を出しました。隆志は梨奈さんと、わたしは肇さんと入籍し、晴れて夫婦になったのです。

9

七か月後、梨奈さんは元気な男の子を出産しました。隆志が「子供の名前は姉さんにつけてほしい」と言うので、肇さんと一緒に考えて、「翔真《しょうま》」にしました。まっすぐに育って、大きく羽ばたいてほしいという願いをこめたのです。

持ち家で家賃もかからないので、隆志一人の収入でも当面は生活できます。家庭に恵まれなかった分、幸せな家庭を築こうと前向きに努力してくれるだろう、とわ

たしは梨奈さんに期待をかけていました。

しかし、まだ二十歳そこその若い母親です。退院してひと月もたたないうちに、隆志から悲痛な声で電話がかかってきました。梨奈さんが赤ちゃんの昼夜を問わぬ泣き声に耐えられなくて、精神的に不安定になり、うつぎみになっているといいます。

——梨奈さんは、自分が充分に手をかけてもらえなかったから、どうやって子育てしたらいいのかわからず、頭が混乱しているんだわ。

そのときは、憔悴《しょうすい》した表情の梨奈さんに息抜きをしてもらうために、隆志とわたしが交替で休みをとって、翔真の子守りをしました。梨奈さんはそのあいだ美容院に行ったり、友達に会ったりしていたようです。その様子を見て、肇さんまで「ぼくも有休をとろう」と言い出して、慣れない子守りを買って出てくれたりしたのですが、交替で若い夫婦のもとへ通うのも限界があります。

「どこか、翔真を預けられるところを探したほうがいいわね」

「そうだな」

と、肇さんと手分けして保育所を探し始めたとき、隆志から「梨奈がいなくなった」と電話がありました。

びっくりして駆けつけてみると、翔真を抱っこした隆志は、悄然《しょうぜん》としてソファに座り込んでいました。父親の腕の中で泣き疲れたのか、小さな頰に乾いた涙の痕がくっきりついています。

「仕事から帰ったら、梨奈がいなくて、翔真が顔を真っ赤にして泣いていたんだ」

呆然《ぼうぜん》とした様子で隆志が言い、顎の先でテーブルを示します。

テーブルに置かれたメモを読んで、わたしは息を吞みました。

——隆志、ゴメン。やっぱり、もうダメ。翔真をヨロシク。梨奈

何とも短くて幼い手紙でした。

「どうして、こんなことになっちゃったの？」

隆志を追及しても仕方がないことはわかっていたのに、彼の腕をつかんで激しく揺さぶりました。

「最初から……」と言いかけて、隆志が口をつぐみました。

「もしかして、隆志君、あのとき……」

肇さんは、その先を続けようとしてやめました。

訝《いぶか》しさを募らせたわたしに、

「何なの？　一体」

「梨奈さんには、ほかに男がいるんじゃないかな」

と、肇さんが声を絞り出しました。「いままで黙っていたけど、君が翔真の子守りをしていた日に、偶然、渋谷で梨奈さんを見かけたんだ。鼻にピアスをした金髪の男と歩いていた。二人は親しげな雰囲気に見えたけど、昔の男友達と会うのも息抜きの一つだろう、と好意的に解釈することにした。だけど、それが、翔真の本当の父親だったら……」

「隆志、そうなの？」

「あ、いや。わからない。だけど……いちおう避妊していたつもりだったから……でも、梨奈に子供ができたかもしれない、って言われて、そうかもしれない、と自信がなくなって……」

怒るより呆《あき》れてしまい、わたしの口から漏れたのはため息でした。「梨奈さん、妊娠したみたいよ」と言ったとき、なぜ隆志が虚をつかれたような表情になったのか、いま腑《ふ》に落ちました。

「じゃあ、翔真は、隆志の子供じゃないかもしれないのね。梨奈さんは、ほかの男とのあいだにできた子供を、邪魔になって、あなたに押しつけたことになるじゃない」

その事実に気づいても、隆志は黙っていました。

10

それから一年後の現在、わたしと肇さんは、隆志の家で暮らしています。どんな暮らしぶりなのか。なぜ、こんな手記を書いているのか。

これから説明します。

その後、梨奈さんから離婚届が送られてきたので、隆志はそこに署名捺印《なついん》して送り返しました。梨奈さんは、翔真の親権も放棄したのです。

わたしと肇さんは、翔真を自分たちの養子に迎えました。もちろん、隆志の了承を得てです。子煩悩の肇さんは、翔真を目に入れても痛くないほどかわいがっています。

あれは、梨奈さんが出産した直後でした。「大事な話があるんだ」と、肇さんに切り出されました。「いままで話さなかったけど、生命の神秘さを実感して、話す決心がついた。実は、ぼくもＡＩＤで生まれているんだ。両親が不妊治療を受けていて、母が精子提供での出産を勧められてね。それを知ったのは、薬学部時代に自ら専門的な検査をしたからだよ。それで、父と血がつながっていない事実が判明したんだ」

それを聞いても、わたしはさほど驚きませんでした。肇さんはわたしと同じで一人っ子だったし、ＡＩＤを含む生殖医療に興味があったからシンポジウムに参加したのだろう、と思っていたからです。

しかし、肇さんのお母さんがＡＩＤを受けた病院がわたしの母と同じＫ大学病院で、担当医も同じで、精子提供を受けた時期も半年しかずれていないと知って、「まさか、そんな偶然はないと思うけど、いちおう検査してもらおうか」と、肇さんから言い出したのです。そのときはまだ柔らかな笑みが口元に生じていました。ところが、民間機関から郵送されてきた検査結果を見た途端、肇さんの口元はこわばりました。ＤＮＡ配列がどの程度共通しているかなど、説明されてもわたしにはよくわかりませんでした。けれども、ほぼ間違いなく、肇さんとわたしはきょうだいだというのです。

それで、はじめて会ったとき、どこか懐かしい感じを受けたのでしょうか。それは、血のつながりからくるものだったのでしょうか。

——兄と妹。

ＡＩＤで生まれた子供が、異母きょうだいと結婚する確率はどれほどなのでしょう。

——同じ精子提供者から生まれた子供同士が結婚する可能性などあり得ない。シンポジウムでも生殖医療を専門とする医師や大学教授が、そう強調していました。

けれども、ここに、そのあり得ないケースが存在してしまいました。

その事実をすべて隆志に伝えた結果、彼はわが子を姉夫婦の養子とすることを提案したのです。なぜなら、きょうだい——兄と妹が婚姻し、子供を産むのは、社会通念上も生物学上もタブーとされているからです。わたしたちは、一生、自分たちの子供を持つことができません。

さっき「わが子」と書きましたが、翔真が隆志の血を引いた子供かどうかはわかりかねるところです。翔真は、梨奈さんと隆志以外の男の子供かもしれないのです。いや、その可能性が高いでしょう。

でも、それはどうでもいいのです。翔真が誰の子であろうと、隆志の血を引かない子であろうと。肇さんとわたしと隆志、そして翔真。四人が同じ屋根の下にいて、家族として暮らしていれば、それで充分幸せなのです。

「お兄ちゃんがほしい」と、母にねだった遠い昔をわたしは思い起こします。兄が無理なら弟を産んで、とせがんだ幼い日を。

それらの願いが、いま、叶《かな》ったのです。わたしには、肇さんという兄がいて、隆志という弟がいます。兄である肇さんは、わたしの夫でもあります。

そして、こうしてわたしは手記を書いています。

発表のめどはたっていませんが、いつか時期がきたら、世間に公表するつもりです。

わが国における非配偶者間人工授精――ＡＩＤの現状を訴え、その問題点について、一人でも多くの人に真剣に考察してもらうために。

第三話

殻の同居人

1

雅美《まさみ》ちゃんがひっこしちゃうと知ってから、ずっと二階の自分の部屋で泣いています。小学校を卒業して中学校に行ってからも、いままでのように仲よくできると思っていたのに。

どうしても行かなくちゃいけないのですか？　お父さんとお母さんについて行かないとダメなのですか？　雅美ちゃんだけここにいてほしい。ひっこさないでほしい。

遠く離れてしまっても、雅美ちゃんとずっと仲のよい友達でいたいです。

ずっとずっと友達でいようね。約束だよ。

＊

美登里《みどり》ちゃん、ごめんね。わたしもひっこしたくない。ここにいたいよ。いままでのように学校で楽しくお話ししたり、美登里ちゃんの家に遊びにいったりしたいよ。

でも、そんなことできない。お父さんの仕事の場所が変わるので、ひっこさないといけないの。

ひっこしてからもわたしと仲よくしてね。

ずっとずっと友達でいようね。約束だよ。

2

錆《さ》びついているせいか、手をかけると、門扉《もんぴ》がぎいっと無気味な音を立てて開いた。

「美登里ちゃん」

と、背後から女性の声に呼ばれて、武田《たけだ》美登里は振り返った。

高齢の女性が背をかがめて立っている。隣家の小宮《こみや》さんの奥さんだ。

「お帰りになったの？」

「ええ、今回は……」

どう答えようかと思案していると、

「あのね、このたび、息子のところに引っ越すことになったの」

と、小宮さんの奥さんは、困ったように眉を寄せて言った。

一瞬、声が詰まったが、「そうですか」と、美登里は受けた。去年、小宮さんのご主人が病気で入院したのは知っている。その後、退院したものの、自宅で介護サービスを受けながら奥さんが世話をしていたのだった。

「尼崎《あまがさき》に住んでいる息子が『親父を施設に入れよう。おふくろはこっちに来て一緒に住もう』ってね。主人も家が気に入っているから迷ったんだけど、わたしが世話をするのも限界だし」

「寂しくなりますけど、賢明な選択だと思いますよ」

と、美登里は返した。小宮さんの奥さんの曲がった背中を見れば、息子の提案を受け入れたのも当然と思える。一度、デイサービスの事業所の車が隣家に迎えにきたのに居合わせたことがあったが、小宮さんのご主人が杖をつきながら職員に付き添われて乗り込んでいた。車を見送ったあと、小宮さんの奥さんがついたため息が耳に届いて、美登里は彼女の苦労を察したものだった。

「そういうわけで、ここも空き家になってしまうけど、仕方ないわね。こういうご時世だから」

と、小宮さんの奥さんはかぶりを振りながら、美登里の家から右隣の自分の家へと視線を流した。美登里の実家も、三年前に父が、続いて翌年母が亡くなって以来、空き家になっていて、ときどき都内から美登里が片づけに訪れていた。美登里の弟の和文《かずふみ》は、結婚して妻の実家のある横浜に家を建ててしまった。「姉ちゃんは独り身だし、俺は実家はいらないよ」と言って、和文は土地家屋の相続を放棄した。

「あの……わたしは、ここで暮らすことになったんです」

そこではじめて、美登里は事情を打ち明けた。東京から信州の実家に居を移す。そう決意したのである。

「えっ、何だ、そうなの？」

小宮さんの奥さんは、気が抜けたような声を出して、「まあ、残念だわ。せっかく美登里ちゃんが帰ってきてくれたっていうのに、入れ違いにわたしたちが……なんて」と、涙声になりながら続けた。

「おじさんとおばさんには、すっかりお世話になりました。離れて暮らしていたので、頼りにしていたんですよ」

盆暮れなどに帰省して数日滞在し、帰京する前には、必ず隣家の小宮夫妻に「父と母をよろしくお願いします」と頼んでいたのである。二人が他界して空き家になってからも、何か不審なことがあったら連絡してください、と美登里の携帯電話の番号を渡していた。電話がかかってきたことはなかったが、郵便受けからあふれ出たチラシを取っておいてくれたり、門の前に吹きだまった落ち葉を掃いてくれたりと、何かと気を配ってくれていた。頼りになる心強い隣人だったのだ。

「まさか、わたしたちより若い武田さんご夫婦が先に亡くなるなんてね」

当時を思い出したのか、小宮さんの奥さんは節くれだった指で目頭を押さえた。

美登里の両親は、ともに七十代で亡くなっている。

「寂しくなります」

少し気弱になって、また口にすると、

「あなたはまだ若いのだから、元気を出して」

と、小宮さんの奥さんは、細い手を伸ばして美登里の手を握った。

まだ若い、と言われて、美登里は気恥ずかしくなった。先日四十八歳になったばかりだ。女としては若くはないが、このあたりの住人としては充分若いという意味だろう。

「こちらのお宅はどうなさるんですか？」

「そうねえ。売りに出すつもりだけど、中途半端な場所だから売れるかどうか」

隣人となる人間は重要である。買い手がついたとして、どんな人間か……。想像して不安に襲われていると、

「このあたりも空き家が増えたわねえ」

と、小宮さんの奥さんが指を折って、この何年かで住人が亡くなったり、引っ越したりして無人になった近隣の家を数え始めた。

「丸山《まるやま》さんのところは……」

小宮さんの奥さんが数え終えたのと、美登里がそうつぶやいたのと同時だった。

二人の視線が武田家の左隣の丸山家へと注がれる。三軒で一つのブロックを成しており、三軒の前には片側一車線の道路が走っていて、向かいにはアパートが建っている。五年ほど前、一人暮らしになった住人が家と土地を大手不動産屋に売って転居したあと、そこは更地になり、一時駐車場として使われたのちにアパートが建てられたのだった。複数の住人がいるらしいが、エントランスが道路に面していない造りのため、住人と顔を合わせる機会が少なく、交流もほとんどない。

「丸山さんの奥さん、最近ちょっとおかしいのよ」

小宮さんの奥さんが声を落とした。

「どうおかしいんですか？」

一部が欠けた大谷石《おおやいし》の門柱に「丸山」とタイルの表札が埋め込まれた隣家は、武田家や小宮家よりもひとまわり敷地が広い。

「丸山さんの奥さん」と呼んではいるが、彼女は十五年くらい前に伴侶を亡くしているから、「奥さん」ではない。息子と二人暮らしで、その息子が長年引きこもり状態でいることは、その姿を見なくとも家の佇《たたず》まいから伝わってくる雰囲気で察せられる。

「あそこ、息子さんと二人暮らしでしょう？　このあいだ回覧板を持っていったら、奥さんの様子がちょっと変なの。目がうつろで、わたしのことがわかっているのかどうか……」

「それって……」

「あら、ごめんなさい。おかしなことを言って。気にしないでね。だけど、ほら、丸山さんの奥さんも、わたしより一つ上で八十一歳だから、ちょっと認知症が入ってきたのかな、なんて思ってね」

「そうですか」

「お隣さん、気にかけてあげてね」

そう言って微笑むと、小宮さんの奥さんは言葉を重ねた。「それから、うちの鉢植え、記念にもらってくれない？　息子のところは、マンションで庭もないし」

「ええ、はい、いただきます。大切にします」

小宮さんの奥さんが去ったあと、唯一の隣人になる丸山家の存在が心に引っかかっていたが、美登里は笑顔で応じた。

3

——近々この地に住むことになるのだから、そして、おそらくここがわたしの終《つい》の棲家《すみか》になるのだから。

そんな感慨を含んだ思いを抱いた美登里は、実家の周辺を散策してみた。

二十三年前に長野新幹線が開業して以来、都会からの交通の便は格段によくなり、人も大勢流入してきた。新幹線が停車する駅周辺の開発が大々的に行われ、売り出された分譲地には次々と家が建てられ、ビジネスホテルも大規模商業施設も続々と建設されて、観光客やビジネスマンをあてこんだ飲食店も急増した。長野駅が終点だったのが五年前には金沢駅まで延伸されて、北陸新幹線と名称を変え、現在は長野新幹線という名称は消えてしまった。

ところが、開発によって人口が増えて生活が便利になったのは、新幹線の停まる駅周辺にかぎっての現象であって、美登里の実家のある一帯は、最寄り駅が新幹線の停車駅から在来線に乗って二つ目で、人口減の過疎地域に該当していた。

「新幹線がもうちょっとずれてうちの駅に停まってくれたらね、このあたりもっと便利で賑《にぎ》やかになったのに」

「あの辺に土地を持っていた人たち、さぞかし潤ったでしょうね」

などという会話が住人のあいだで飛び交ったのを、美登里は覚えている。

当時、美登里は看護師の職に就いていて、都内の病院に勤務していた。高校までは地元で、看護学科のある東京の大学に進学したのだった。三つ違いの和文も、県外の大学に入るために郷里を離れている。そのまま県外で就職し、伴侶もそこで得て、伴侶の実家近くに住むという例を、美登里は和文以外にいくつも知っている。

「新幹線が停車する駅周辺ならともかく、そんな田舎に帰っても仕事はないし、利便性は低いし、住みたくはないね」という若者ばかりなのだ。いや、若者だけではない。その考えには、美登里もうなずける。

シャッター街と化した商店街を抜けると住宅街になるが、ここも人の住んでいない戸建て住宅が目立つ。破れた雨錆や歪《ゆが》んだ門扉で空き家とわかる。生い茂った庭木の枝が塀から歩道へ威勢よくはみ出している家もある。

——全国に空き家は約八百四十八万九千戸。

先日、新聞で見た数字が美登里の頭をよぎった。地域によって差はあるらしいが、七戸に一戸は空き家の計算になるという。このまま空き家が増え続けたら日本はどうなるのだろう、と気分が沈みかけたときに、灰色の校舎が見えてきた。

S小学校。廃校になった美登里の母校である。

「少子化のため、S小学校は統廃合されることになって、廃校が決まったそうよ」と、帰省したときに母に告げられたのは、十年前だったか。

母校がなくなる。一抹の寂しさも覚えたが、小学校時代ははるか昔である。いっとき感傷を覚えただけで、母校のことなどすぐに頭から離れてしまった。

現在は、グラウンドは敬老会のマレットゴルフ場として、校舎は地域のイベントなどに使われていると聞いたが、今日は何のイベントもないのか静かだ。

グラウンドに張り巡らされたフェンスのまわりを一巡してみようと歩き出したとき、少し先で同じように校舎を眺めている女性に気づいた。同世代だろうか。ワイドパンツにチュニック、足元はスニーカーという服装まで美登里と一緒だが、背中にリュックを背負っているのが旅行者を思わせる。

横顔を見ているうちに、面影が遠い記憶の中の誰かと重なってきた。くっきりとした二重で、ややわし鼻ぎみで、長身の女性。

「あの……」

思いきって、美登里は声をかけた。「違ったらごめんなさい。もしかして、雅美ちゃん？　岩岡《いわおか》雅美ちゃんでは？」

「えっ？」

結婚して姓が変わっているかもしれないが、雅美ちゃんの旧姓は岩岡だった。

ふっと顔を向けた女性の顔がこわばったように見えたので、美登里はあわてた。

「ごめんなさい。知っている女性によく似ていたので」

「いえ……」

女性は困惑した表情を作って、「わたしは、岩岡雅美ですけど」と言った。

「やっぱり、そう。わたしは……ほら、美登里です」

感激のあまり、声がうわずった。

「美登里……ちゃん？　武田美登里ちゃん？」

と、女性――もう間違いないだろう――雅美が驚いたように目を見開いて確認した。

「そう。S小学校で同級だった武田美登里よ。いまも武田のままで」

「何だ、そうなの」

小学校の同級生同士だから、互いにタメ口になった。

「わたしもいまも岩岡雅美よ。まあ……長い人生、いろいろあったけどね」

岩岡雅美は、頬を赤らめて美登里に手を差し出してきた。

「よかった。再会できて」

美登里は、その手を握り締めて言った。

「まさか、こんなところで会えるとは思わなかった。故郷が懐かしくなって、すごく久しぶりに小学校に来てみたら、廃校になっていて」

「そうなの。わたしも散歩に出てみたんだけど。あのね……」

積もる話は山ほどある。

「雅美ちゃん、時間ある？　うちに来ない？」

美登里は、雅美を誘った。小学校時代、二人で週末のたびに過ごした二階の部屋は、美登里がおばさんと呼ばれる年齢になっても、「子供部屋」のまま残っている。

「うん、行きたい」と、雅美も声を弾ませた。

4

実家の門の前まで戻ったときに、隣の丸山家の門が開いたので、「雅美ちゃん、先に入って待ってて」と、雅美に玄関の鍵を渡して、美登里は隣家へ向かった。この機会をとらえて、移住する旨を伝えておこうと考えたのだ。

丸山さんの奥さんが、ショッピングカートを押しながら、ゆっくりこちらに歩いてくる。徒歩二十分のスーパーまで買い物に出かけるのだろう。家に息子がいるのになぜ彼がやらないのだ、と美登里は腹立たしく思う。

「あの、丸山さん」

「はい？」

呼びかけると、丸山さんの奥さんは、眠りから目覚めたように顔をもたげ、ぱっと動きを止めた。

「わたし、今度、東京からここに移り住むことにしたんです」

「あら……結婚されたの？」

丸山さんの奥さんは、ゆっくり首をかしげる。

「いえ、結婚はしていないんですけどね」

相変わらず、と内心でつけ加える。「父も母も亡くなって、実家をこのままにしておくのももったいないし、わたしももう若くはないので、ここで暮らそうと決心しまして」

「あら、そうなの。美登里ちゃん……よね？」

「はい、そうです」

ホッとして脱力した。何だ、わたしの名前をちゃんと覚えていてくれたじゃないか。

「お仕事は？」

「看護師です。東京の病院では手術室所属で、ずっと根をつめて仕事してきたので疲れてしまって。少し休んでから、こちらで訪問看護の仕事に就こうと考えているんです」

「ああ、そうなの。いいお仕事じゃないの。そうそう、美登里ちゃんは看護師さんだったわね」

丸山さんの奥さんの受け答えを聞いて、〈大丈夫、まだ頭はしっかりしている〉と安心した美登里は、「そういうわけで、お隣同士これからもよろしくお願いします。その向こうの小宮さんご夫婦は尼崎に引っ越されてしまうというので、この並びは二軒だけになりますけど」と、愛想よく言い添えた。

「はい、こちらこそよろしくお願いします」

と、丸山さんの奥さんは頭を下げた。と思ったら、きっと頭を上げた。緩慢な動作と機敏な動作が入り混じっていて、美登里は面食らってしまう。

「それでね、あなたに話しておかねばならないことがあって」

続いて丸山さんの奥さんが声を潜めたので、〈ああ、息子のことか〉と、美登里は勝手に合点して身構えた。

「うちには息子がいるでしょう?」

「あ……はい」

引きこもりの相談でもされるのか、と憂鬱な気分になりかけた瞬間、

「あれは、どうも、わたしの息子じゃないみたいなの」

と、丸山さんの奥さんが言って、美登里は声を失った。どういう意味なのだろう。

「息子さんじゃないとすると、どなたなんですか？」

「それがわからないのよ」

「わからないって……」

口の中にたまった生唾を呑み込んでから、「息子さんは、いま、お宅の二階にいるんですよね？」と、美登里は念押しの形で聞いた。

「いまはどうかしら。さっき下に降りてきたけど。息子なのか息子じゃないのか。息子のときもあるし、息子じゃないときもあるし」

小宮さんの奥さんは、首をかしげて謎めいた答え方をすると、「じゃあ」と、スイッチの入った玩具のように不意にショッピングカートを押し始めた。

美登里は、しばらく歩道上で凍りついたまま動けずにいた。

5

「お隣のおばあさん、自分の息子の顔が認識できなくなったの？　おかしな同居人が住んでいるとでも思っているの？」

丸山さんの奥さんの話を聞いた雅美は、そう受けて顔をしかめた。

「やっぱり、認知症が始まったのかしら」

すっかり気が重くなって、美登里は大きなため息をついた。小宮さんの奥さんが「様子がちょっと変なの」と言っていたのは、こういうことだったのか。

三十六年ぶりに再会した二人は、武田家の居間のソファに向かい合って座っている。隣人と別れて家に入った美登里は、雅美との再会の喜びを分かち合うより先に、さっき味わった恐怖を話さずにはいられなかったのだ。

「実家への引っ越しを決めた途端、関係が良好だったお隣さんとは別れることになって、残されたのは、問題を抱えたお隣さん」

自嘲ぎみに言って、美登里は肩をすくめた。「認知症の八十一歳の母親と引きこもりの息子。息子は、わたしたちより二学年上だったから、今年五十歳。確か、清《きよ》隆《たか》って名前ね」

「二学年上って、わたしたちが小四のときに六年生だったはずよね」

遠くを見る目をして雅美が言い、首をかしげた。「遊びにきたとき、隣にそんな男の子がいたような気もしたけど、よく覚えてないわ」

「一人息子で、おとなしくて目立たなかったからね。中学でいじめにあって不登校になり、高校に入ってからも休みがちになって、といううわさは耳に入っていたけど、その後のことはよくわからないの。働いていた時期もあったように思うけど。両親ともに教師で、父親がとくに厳格だったとか。反抗期のときは、隣から親子ゲンカなのか怒鳴り声なんかも聞こえてきたけどね。その父親が死んで、自分を抑圧する存在がなくなったせいか、母親に甘えて働かなくなったのかもしれない。亡くなったうちの母が、暗くなってから自転車で出かけていく息子を何度か見たとか。わたしも一度、帰省したときに見かけたわね。マスクで顔を隠すようにしてね。帽子を目深にかぶっていたから、表情はうかがえなかったけど」

「長年引きこもっていて、生活はどうしているの?」

「丸山さんの奥さんも元教師だから、恵まれた額の年金をもらっているんじゃないかしら」

「なるほど。いま社会問題になっている8050《はちまるごーまる》問題ね。年金を支給されている八十代の親が無職の五十代の子供を支えるという構図。子供は娘より息子のケースのほうが多いみたいよ」

雅美が評論家のような口調で言った。

「母親の認知症が進行したらどうするのか。母親が死んだあと、あの息子はどうするのか」

近い将来を危惧して、美登里は背筋が寒くなる感覚に襲われた。

「おかしな事件が起きなければいいけどね」

「やめて。想像しちゃうから」

美登里が両耳を手でふさぐと、「ごめん、ごめん」とあやまって、雅美は話題を変えた。「で、美登里ちゃん、引っ越してくるのはいつの予定？」

「あっちの片づけや手続きがあるから、十日後ね」

「そう」

雅美は、壁に貼られたばかりのカレンダーをちらりと見やってから質問した。

「そもそも、どうして実家に越そうと思ったの？」

美登里は、丸山さんの奥さんにした説明に、「燃え尽き症候群みたいなものかな」とつけ加えた。「しばらく休んでから、訪問看護の仕事を始めるつもりなの」

「そう。看護師って激務だっていうものね。美登里ちゃんは、ベテランになって任されることが増えて、心身ともに疲弊しちゃったんじゃない？　昔からまじめなところがあるから。ほら、夏休みの宿題も配られたら先にやっちゃうほうだったじゃない」

「ああ、そうかもね。で、雅美ちゃんはのんびりしてたよね」

のんびりしていたわりには、夏休みが終わるまでにはきちっと課題を終えていたので、要領がよかったのだろう。

「雅美ちゃんは？　いままでどうしてたの？　引っ越したあと、どうして連絡くれなかったの？　いまはどこでどんな仕事をしてるの？　今日はどうしてここに？」

質問をたたみかけると、

「一度に全部答えられないわよ」

雅美は、おどけた様子で肩をすくめて、「順を追って話すね」と身を乗り出した。

「あのころはまだ幼くて、世情に疎かったのね。あとでわかったんだけど、父の兄、つまり伯父さんの会社が傾きかけていて、そこを手伝う形で千葉に引っ越したのよ。父が勤めていた会社の業績もよくなかったから、思いきって転職したのね。会社といっても町工場みたいなものだけど、幸い、持ち直して。うちの家族は、伯父さんの家に間借りする形で住んでいたから、肩身が狭かったというか。伯父さんには子供が三人いたしね。それで……」

「新しい環境に慣れるだけでせいいっぱいだったのね？」

美登里が雅美の心中を読み取って言うと、「まあね」と自虐的な笑みを浮かべて、雅美は話を続けた。「その後、わたしは美容専門学校に進んで、美容師免許をとって、メイク技術も学んだの。結婚もしたけど、離婚もしたわ。子供はいない」

「長い人生、いろいろあったのね」

廃校になった小学校で雅美がつぶやいた表現を繰り返すと、「まさにそうね」と、雅美は自虐的な笑みをさらに深めた。

「それで、どうしてここに？」

「美登里ちゃんと同じよ。主に映画の撮影現場でのヘアメイクの仕事で多忙を極めたというか、心も身体も擦り切れてしまって。都会から離れよう。自分を見つめ直そう。そう考えたときに頭に浮かんだのが……」

「郷里の風景だったのね？」

美登里がその先の言葉を引き取ると、雅美は大きくうなずいた。

「思いついたら居ても立ってもいられなくなって、アパートを引き払って、あと先考えずにリュック一つで旅立ったの。またどこかで美容師の仕事を見つければいい、ってね。でも、ここに来てみたのはいいけれど、親戚もいないし、母校は廃校になっちゃったし、街は様変わりしちゃったし、途方に暮れて……」

「住むところは決めたの？」

「それもこれから探すつもり」

「じゃあ、ここに住めば？」

われながらいい思いつきだ、と美登里は心を弾ませた。

「いいの？」

「もちろんよ。弟が使っていた二階の部屋が空いているから」

「でも……」

「遠慮しないで。わたしたち、小学校時代、『ずっとずっと友達でいようね』って約束し合った仲じゃないの。とりあえず、わたしの引っ越しまでここで留守番してくれない？」

「でも、家賃の問題もあるし。わたし、お恥ずかしい話だけど、貯金はあんまりないの」

「小宮さんの奥さんからお餞別《せんべつ》にいただいた鉢植えの水やりと、庭の草取り。それをお願いしていい？　留守のあいだの掃除や空気の入れ換えも。それが当座の家賃のかわり。仕事が決まったら、そのとき改めていろいろ取り決めよう」

「ありがとう、美登里ちゃん」

感極まったのか、雅美は声を詰まらせた。

6

十日後、美登里が引っ越してきたとき、家のまわりの雑草はきれいに抜かれ、家の中の掃除も隅々まで行き届いていた。鉢植えの手入れもきちんとされていた。

「ありがとう。雅美ちゃんがいてくれて助かったわ」

「お安いご用よ」

子供のころから体格のよかった雅美は、運び入れられた段ボールの荷物を二階まで軽々と運び上げたり、こまごましたものを和室の天袋に収納したりと、てきぱきと片づけを手伝ってくれた。家具や家電など必要なものは揃っている実家である。家具のほとんどは処分してきたので、思ったより早く片づけは終わった。

「じゃあ、引っ越し祝いしましょう」

「美登里ちゃん、これからよろしくお願いします」

食卓に引っ越しそばを用意して、ビールで乾杯したとき、玄関チャイムが鳴った。

「まだ届く予定の荷物があったかしら」

そうつぶやきながら玄関に出てみた美登里は、制服姿の警察官を見て驚いた。

「武田美登里さんですね？　お母さんを保護して、お連れしました」

警察官の傍らには、丸山さんの奥さんが怯えたような表情で立っている。

「道に迷ったみたいでしてね。交番に連れてきてくれた方がいて。住所を聞いたら、こちらの住所をおっしゃったので」

「あの、その方は……」

言いかけて、美登里はやめた。警察官に説明するより、隣家に連れていったほうが早い。警察官に礼を言って、美登里は丸山さんの奥さんを家に招き入れた。

「お隣の丸山さんね。とにかく話を聞きましょう」

雅美は、丸山さんの奥さんの肩に手を置いて、居間のソファに座らせた。

「うちにいるのはわたしの息子じゃない。あの子は清隆じゃない。違う、うちの子じゃない。清隆じゃない」

興奮状態の丸山さんの奥さんは、放心したような表情で否定し続ける。

「どうしてそう思うんですか？　息子さんが部屋にお友達を連れてきたことがあったんですか？」

質問する雅美の口調は冷静だ。

「あの子に友達なんかいない。それに、あの子、自分の部屋に鍵をかけて入れてくれないのよ。でも、あれは絶対に息子じゃない。清隆じゃない」

「丸山さん、あとで一緒におうちまで行って、本当に息子さんかどうか確かめてみましょう」

困惑しておろおろするだけの美登里に対して、雅美はあくまでも冷静に接していた。

美登里がいれた紅茶を飲んで落ち着いた頃合いを見計らって、二人は両側から丸山さんの奥さんを支えて隣家へ行った。

チャイムを何度も鳴らしたが、いっこうに応答はない。息子が出かけたのかと訝ったが、家のまわりを見ると、自転車が置いてある。

「丸山さん、鍵を持ってますか？」

丸山さんの奥さんに尋ねた雅美は、胸に垂らした布製のポシェットから鍵を取り出すと、躊躇《ちゅうちょ》せずに玄関を開けた。何のしがらみもない雅美のほうが事務的に物事を進められるのだろう。美登里は感心して、傍観役に徹していた。

「息子さん、いますか？　清隆さん、いらっしゃいますか？」

雅美が何度も声を張り上げると、「な、何なんだよ」と、怒声に近い声を上げながら、二階から小太りの男があわただしく降りてきた。上下ともグレーのジャージ姿で、寝巻きなのか部屋着なのか判別がつかない服装だ。部屋で寝ていたのだろうか、髪の毛も少し逆立っている。

「お母さまが家を間違えて、隣に来てしまったんです」

雅美がそういう説明の仕方をしたので、美登里は面食らった。続いて雅美は、「丸山さん、この人は息子さんですか？　それとも別人ですか？」と、丸山さんの奥さんに聞いた。

「何言ってるんだよ。そいつは、俺のおふくろだ。ふざけんな」

丸山さんの奥さんの息子らしき男は、頓狂な声で叫んだ。

「でもね、うちにいるのはわたしの息子じゃない、ってこの方はおっしゃっていたんです」

と、雅美が負けずに強い口調で言い返す。

「そんなバカなことがあるか。俺は俺で、正真正銘、こいつの息子だよ」

「でも……」

と、美登里も言いかけたとき、「ああ、この子はわたしの息子です。清隆です」と、正気に戻ったようになって丸山さんの奥さんが言い、唐突にかがみこむと運動靴を脱ぎ始めた。

「ほ、ほら、そうじゃないか」

丸山さんの奥さんに息子と認められた男は、安堵したような声を出した。

「じゃあ、あなたのお母さまのお世話をしっかり頼みますね」

よろしくお願いします、と頭を下げると、「行きましょう」と、雅美は美登里の手を引いた。

7

「どうだった？　美登里ちゃんの目から見て、さっきの男は丸山さんの本物の息子だった？」

家に戻ってテーブルに向かい合うと、腕組みをした雅美が切り出した。テーブルの上の引っ越しそばは、すっかり伸びている。

「長年引きこもっていたし、大人になってから面と向かって話したことがないから、よくわからないわ」

「昔の面影が残ってた？」

「子供のころからぽっちゃりしていたから、あんな感じでも不思議はないかな」

美登里は答えながら、自分の記憶の曖昧さに気づいて愕然《がくぜん》とした。「でも、やっぱり、あれは丸山清隆よ。息子以外の誰かが息子になりすましているはずがないもの。なりすます理由もないし」

「じゃあ、母親の思い違いで、認知症になってひどい健忘が始まったんだと思う？」

「そうとしか考えられない……」

美登里は言いかけて、胸の底から違和感がこみあがるのを覚えた。「丸山清隆は、ずっと家に引きこもっていたのよね。それにしては、顔色が青白くなかった。血色がよかったというか、何だか日に焼けたような感じだったわね」

「やっぱり、美登里も気づいた？」

口元に得意げな笑みをたたえて、雅美は言った。「丸山清隆は、顔にダークブラウンのファンデーションを塗っていた。急いでコットンで拭き取ったみたいで、繊維が皮膚に残っていたわ。それに、眉もカットして揃えていたわね。髪もちょっと乱れていたけど、あれは寝癖とは違う。ウィッグをかぶっていたのかもしれない。あわててジャージに着替えた雰囲気だったし」

「そんな細かなところに気がつくなんて……」

そうか、と美登里は得心した。美容師でメイクの仕事もしていた雅美なら見抜けるはずだ。

「でも、メイクにウィッグって……」

「丸山清隆には、ヘアメイクによる変身願望があるんじゃないかな。たとえば、アニメキャラに変身するとか。そういう共通した趣味のネット仲間がいるのかもしれない」

「じゃあ、丸山さんの奥さんは、何かに変身したときの息子の顔をのぞき見ちゃったのかしら。それで、驚いて……」

「その可能性はあるわね」

「そこに認知症が重なって、自分の息子を別人と思い込んだとか？」

「それとはちょっと違うと思う」

雅美は、組んだ腕をはずしてため息をついたのちに続けた。「丸山さんは、認知症ではないと思う。彼女は、警察官に隣人の正確な住所を教えている。記憶力は確かだという証拠でしょう？　きっと、隣人の美登里ちゃんに助けを求めたかったのよ。丸山さんは、もう自分一人の手には負えないと限界を感じていたんじゃないかしら。かといって、行政に救いを求めるのは家の恥になる。自分の死後、引きこもりの息子はどうするのか、一人で生きていけるのか、心配でならなかったのよ。それで、こんな方法で近くの第三者に助けを求めたのだとしたら……」

「確かに、息子の清隆は、かなりあわてた様子だったけど。外から働きかけられて、はじめて自分の母親の老いに直面して、このままじゃいけない、と自覚したのかもしれないわね」

「それに、丸山さんが息子に向けた言葉には、深いメッセージが含まれていた気がするの。『うちにいるのはわたしの息子じゃない』という言葉の裏に、『こんな息子の姿は見たくない』『理想の息子とは違う』『わたしの息子はもっと立派なはず』『だから、勇気を出して一歩踏み出しなさい』などと、励ましの意味合いを持たせていたんじゃないかしら」

「それを清隆も感じ取ったの？」

「感じ取ってくれたらいいんだけど」

雅美は言って、すべてのエネルギーを使い果たしたかのように、肩を落として笑みを見せた。

「雅美ちゃんの洞察力って、すごいね。まるで、探偵みたい」

「推理小説は好きだけどね」

「わたしたち、いいコンビになれそうね。名探偵ホームズと相棒のワトスンみたいに」

美登里はそう言って、もう一度乾杯するために飲みかけのビールのグラスを掲げた。

8

ところが、同居生活を始めてさらに十日が過ぎたころだった。

充電期間を終えた美登里は、訪問看護の事業所の面接を受けに行き、帰りにスーパーに寄った。そこで、小学校から高校まで一緒だった安達陽子《あだちようこ》を見かけたのだ。陽子とは、社会人になってから都内で開かれた同窓会で顔を合わせていた。結婚して姓が変わっていたのは知っていたが、「あだっち」と呼ばれていたので、懐かしくなって思わずあだ名で呼び止めてしまった。

「ああ、美登里ちゃん」

と、陽子も以前の呼び方で応じた。

「こっちに帰省してるの？」

「ううん、旦那が転勤になって、越してきたのよ」

「あら、そうなの」

場所を聞いたら、まさに新幹線停車駅周辺の住宅街で、大きな商業施設のすぐそばだった。

「わざわざこっちまで買い物に？」

「うん、実家はこの近くだからね。母が認知症ぎみになっているから、寄ってみたの。美登里ちゃんのところは？」

「うちはもう両親とも亡くなったわ」

それで、わたしは実家に……と話をつなげようとしたとき、

「そういえば、美登里ちゃん、小学校のときに岩岡雅美ちゃんと仲がよかったよね？」

と、陽子のほうからその話題を振ってきた。「雅美ちゃん、亡くなったんだって？」

「えっ？」

心臓が止まりそうになった。

「知らなかった？　まあね、彼女、中学校に入る前に引っ越しちゃったものね」

「どうして……亡くなったの？」

彼女の勘違いかもしれない。訝りながらも、美登里の心臓は鼓動を速めていた。

「交通事故だったとか」

「本当に……岩岡雅美ちゃんなの？　ほら、ＳＮＳで有名人の訃報のフェイクニュースが流れてきたりするでしょう？」

「岩岡雅美ちゃんは有名人じゃないし。東京にいたとき、わたしの短大の友達が美容師になってて、仕事で岩岡雅美ちゃんと一緒になったことがあったんだって。雅美ちゃん、映画撮影のヘアメイクの仕事をしていて、ロケに向かう車で事故を起こして、それで……。気の毒よねえ。友達は雅美ちゃんのお葬式にも行ったのよ。わたし、お葬式帰りの喪服姿の彼女と会ったんだもの」

「そう……」

もうフェイクニュースだとは思えなくなっていた。

美登里は呆然として、買い物もし忘れて家に帰った。

玄関に入ると、二階で話し声がしていた。雅美と思い込んでいた女の声だ。足音を忍ばせて、二階に上がる。

「うん、ママは大丈夫だってば」

と、女が部屋で誰かと話している。携帯電話で通話しているらしい。かつては弟の和文が使っていた部屋だ。

――ママ？

美登里の知っている「岩岡雅美」は、結婚歴はあっても子供はいなかったはずだ。

息を潜めて、美登里は耳をそばだてていた。

「まあ、あんたったら、バカな子ねえ。しっかりしなきゃ。だから、ママが言ったでしょう？」

女が語調を強めた。

「勝手にしなさい。もう切るから」

そう吐き捨てるなり、女は部屋から現れた。

そして、美登里が立っているのに気づき、ぎょっとしたように身体を硬直させた。

「誰と話していたの？」

「ああ……いえ、何でもないの……ちょっとね……」

しどろもどろになって、女は言い訳を始めた。

「あなた、誰なの？　雅美ちゃんは……死んだはずよ」

美登里は、真実を突きつけた。この女は、一体、誰なのだ。なぜ、雅美ちゃんになりすましているのか。

「これにはわけがあって……」

「詐欺に遭ったって、警察に通報するわ」

階段を駆け降りようとしたときだった。女が伸ばした腕が、美登里の背中に触れた。

——突き落とされる？

目をつぶった瞬間、美登里は足を踏みはずして、段数が十三ある実家の急な階段を転げ落ちた。

9

美登里ちゃん、ごめんね。うそをついて。でも、まったくのうそってわけでもないのよ。

でも、よかった。よかった……って、おかしな言い方かもしれないけど、とにかく、美登里ちゃんの脳に損傷がなかったことが検査でわかって。階段から落ちたとき、頭を打ったからすごく心配してたの。足の骨折だけですんでよかったね。……ってよくもないか。ああ、でも、これだけははっきりさせておくね。わたしは美登里ちゃんの背中を押したりなんかしてない。天に誓ってもいい。美登里ちゃんが足を滑らせて、階段を転がり落ちたんだから。

美登里ちゃんが個室に入院してくれてよかった。こうしてゆっくり話せるし、誰にも聞かれないから。大部屋に空きがなかったんだって？　この部屋、高いんでしょう？　ああ、でも、病院側の事情で個室にされたのなら、差額ベッド代は払わなくていいのよね。そうか、美登里ちゃんは看護師だから、そういう事情には通じているよね。

ああ……目をつぶったままでいいよ。わたしの声が聞こえていれば。何も話したくないでしょうから。

もとはといえば、美登里ちゃんが小学校の前で声をかけてきたのが最初でしょう？　早とちりした美登里ちゃんだって悪いんだからね。

えっ、わたしが岩岡雅美になりすましたのが悪い？

岩岡雅美と岩岡麻美《あさみ》。

似たようなものでしょう？　雅美と麻美で一字違いだし、わたしたちはいとこ同士だから。学年も一緒。

そう……雅美ちゃんの一家が千葉のわたしの家に引っ越してきて、離れに住んだのよ。わたしの父と雅美ちゃんのお父さんは兄弟。しかも、二人が結婚したのもこれまた姉妹だったから、兄弟姉妹同士の結婚で、生まれた子供もすごくよく似ていたってわけね。最初に雅美ちゃんと会ったとき、われながらびっくりしちゃった。まわりからも「双子みたい」なんて言われて。

だけど、性格は違ったね。雅美ちゃんは明るくて器用で、わたしはどちらかといえば暗くて不器用。それだけに、雅美ちゃんにあこがれた。彼女の進む道をわたしもまねして、同じ美容師になった。メイク技術も習得した。でも、やっぱり、彼女の才能と情熱には敵《かな》わなかった。雅美ちゃんはどんどん大きな仕事を任されるようになって、仕事にのめりこんでいった。もう一つ、二人の決定的な違いは、男関係だったわね。雅美ちゃんは、仕事ひと筋で、交通事故で死ぬまで独身を通した。わたしは惚《ほ》れっぽくて、すぐに好きな男ができるの。でも、裏切られたり捨てられたりで、別れを繰り返して、仕事も疎《おろそ》かになった。だから、結婚も二度して、父親の違う子供が二人いて。ああ、美登里ちゃんに伝えたのは、わたしと雅美ちゃんの経歴をごちゃ混ぜにしたものだからね。

最後は、妻子ある人と交際して、奥さんともめて、訴えられて、慰謝料をとられて……。何もかも失ったわたしは、リュック一つで出直そう、と足の向くままに雅美ちゃんから聞いていた故郷に来たの。そして、S小学校の前に立っていたら、美登里ちゃんに声をかけられたってわけ。

行くあてもないし、そうだ、これはいいチャンスかもしれない。美登里ちゃんがわたしを雅美ちゃんだと勘違いしているのなら、それに便乗しよう、いっそのこと雅美ちゃんになっちゃおう。そう思ったのよ。美登里ちゃんをだましたわたしも悪いかもしれないけど、岩岡雅美も岩岡麻美も似たようなものでしょう？

これからもあの家に同居させてくれないかしら。図々しい？

わたし、美登里ちゃんの信頼を勝ち得ようとして涙ぐましい努力をしたのよ。雅美ちゃんが亡くなって、遺品を整理していたら、小学校時代の友達からの手紙が見つかった。それが、武田美登里、美登里ちゃんだったのね。美登里ちゃんに関して、雅美ちゃんから直接仕入れた情報もあったから、何とか話の辻褄《つじつま》を合わせることができたのよ。雅美ちゃん、美登里ちゃんのことが大好きだったみたい。わたしが嫉妬するくらいに。嫉妬するあまり、美登里ちゃん宛てに書いた手紙を捨てちゃったこともあったの。『出してあげる』ってうそついてね。ごめんね、美登里ちゃん。いまさらあやまられても遅い？

美登里ちゃんにとっても、小学校時代の親友の死はすごくショックだったでしょう？　その深い悲しみと大きな喪失感を、わたしが癒して埋めてあげることはできないかしら。

丸山さんの息子さんの件だって、どうすれば引きこもり状態から抜け出せるか、一生懸命考えてあげたんだから。丸山清隆さん、昨日のまだ日が高いうちに、自転車でどこかへ出かけていったのよ。母親の老いを間近に見て目が覚めて、危機感を覚えて、それで仕事を探す気になったとしたら、すごい進歩でしょう？

このわたしが、隣人との潤滑油の役目を果たしたことにならない？　だから、わたしを同居人として認めてよ。雅美ちゃんのかわりになれると思わない？

退院は、三週間先になるって？　大丈夫。それまでには、きちんと家賃を払えるようにしておくから。

美登里ちゃん、いいでしょう？　一緒に住もうよ。わたしたち、「ずっとずっと友達でいようね」って約束し合った仲じゃないの。ああ、それは、雅美ちゃんのほうか。まあ、どっちでもいいよね。雅美と麻美。似たようなものでしょう？

10

美登里は、実家の門の前でタクシーから降りると、松葉杖を使って門扉から慎重に敷地内に入った。足がまだ完全な状態ではないから、いつもの三倍時間がかかる。

玄関の鍵は開いていた。物音に気づいたのだろう。「美登里ちゃん？」と、二階で岩岡麻美の声が上がり、階段を駆け降りる足音が続いた。

「お帰りなさい、美登里ちゃん。連絡くれれば、迎えにいってあげたのに」

麻美は、大仰に手を広げて出迎えた。エプロンをつけて、すっかりこの家の主婦気取りでいる。

「快気祝いしましょうよ。シャンパンでも開ける？　夕飯は何がいい？」

「仕事は見つかったの？」

麻美の質問には答えずに、美登里から質問した。仕事が見つかったら、一刻も早くここから出ていってほしい。

「あ……ああ、まだ……ちょっとね」

曖昧に言葉を濁して、「美登里ちゃん、実は」と、麻美は上目遣いに何かを切り出すそぶりを見せた。

だが、彼女が切り出すより前に、赤ん坊の泣き声が居間の向こうで上がり、美登里の胸は不吉な予感に満ちあふれた。

「わたし、出かけるから、ママ、この子をお願い」

引き戸が開いて、和室から赤ん坊を抱いた若い女が現れた。茶髪で化粧が濃く、耳たぶにいくつもピアスをつけている。

「あ……ああ、うちの娘が来ているの。子連れでね」

そわそわした様子で言い、麻美はいちおうは遠慮がちな視線を美登里に投げてきた。「こんな小さな子がいるのに、この子ったら家を飛び出してきて。血は争えないというか。わたしと同じで、結婚生活が長続きしなくて」

「あいつがいけないんだよ。浮気したあいつが。暴力を振るったあいつが。ああ、何であんなのに引っかかったんだろう。あんなダメ男に。あんなＤＶ男に」

と、麻美の娘は、わが子の父親を罵倒した。その声にびっくりしたのか、赤ん坊がいっそう激しく泣いた。

美登里は、麻美が手を貸そうとするのを拒否して、ゆっくりとソファまで歩いて座り込むと、大きなため息をついた。

――たぶん、こんなことだろうと思った。

心の中で、自分自身をあざ笑った。退院するまで、ベッドの中で今後のことを考えていたのだった。「詐欺に遭った」と警察に届けたとしても、実害はないのだから被害届は受理されないだろう。「岩岡雅美」が「岩岡麻美」に変わったところで、「ああ、幼なじみのご親戚ですか。部屋が空いているのなら、貸してあげればいいじゃないですか」で片づけられてしまうに違いない。

そして、すでに麻美は、ヤンキーな娘まで招じ入れている。同居人が二人に、いや、赤ん坊も加えれば三人に増えた。

一対三。負傷して身体の弱ったいまの自分に勝ち目はない、と美登里は悟った。

麻美の携帯電話が鳴った。

「えっ？　何なの、あんたまで」

誰かと通話している麻美の声が、美登里の耳に流れ込んでくる。

「わかった。仕方ないわねえ。とりあえず、ここに来なさい。話はそれからよ」

通話を終えた麻美が美登里のほうを向いて、媚《こび》を含んだ笑顔を作った。

「ねえ、美登里ちゃん。また一人増えるけど、いいかしら。いいえ、ずっとじゃないわ。次の仕事が見つかるまでのほんの少しのあいだ。今度は息子なんだけどね、あの子も別れた夫に似て仕事が長続きしないというか……。建築現場で同僚とケンカして、宿舎を追い出されたみたいなの」

断っても無駄なことは、もうわかりきっていた。

自分の実家が赤の他人に侵食されていくさまを、美登里はひたすら眺めていた。

第四話　君の名は？

1

「呪」という漢字の成り立ちを教えてくれたのは、母方の祖母でした。

祖母は、勉強があまり得意でなかったわたしに、「いい？　麗美《れいみ》。漢字だけはきちんと覚えなさい。将来役に立つから」と言って、毎日、わたしが学校から帰るのを待ちかまえていて、漢字の書き取りの宿題につき合ってくれました。

わたしの父は、わたしが物心つく前に建設現場の事故で亡くなりました。それからは母子家庭で、美容師の母が仕事で忙しかったこともあり、祖母がわたしの面倒を見てくれていました。

「月という漢字は、三日月の形から生まれたもので、雨という漢字は、黒い雲から細かな水滴が降り注いでいる形から生まれたもの。そうやって覚えると忘れないでしょう？」

祖母は、絵を描いて説明しながら、ていねいに教えてくれました。

「朝という漢字は、十月十日と書くでしょう？　赤ちゃんもお母さんのお腹に十月十日いて、それから生まれてくるのよ」

漢字を通してそんな知識も与えてくれたし、山菜採りに一緒に山に入ると、頂上まで行って、「山の上下と書いて、峠と読むのだけど、ここがその峠ね」と、まだ習っていない漢字を実地で教えてくれたりしました。

そもそも、わたしの「麗美」という名前も漢字にくわしい祖母がつけてくれた名前です。麗しく美しい。画数が多くてむずかしい漢字だけど、形も端整だし、人生で同じ名前に出会うことの少ない名前だから、と言って。

祖母はまた、わたしたちがハンガーと呼んでいた洋服を吊るす器具を「衣紋掛《えもんか》け」と呼んだり、階段を「梯子段」と呼んだり、体重を「目方」と呼んだりしていて、子供のわたしの耳には何ともミステリアスな響きに聞こえたものです。

ミステリアスといえば、祖母には霊感があったように思います。人が見えないものが見えてしまう体質で、テレビに映し出された女優を見て、「ああ、この人はよくない霊にとりつかれている」とつぶやいた数日後、その女優が事故死したこともありました。もっとも、口を滑らせてしまったと思ったのか、その後は霊感を匂わせるような言動を慎んでいました。

ある日、ひと目見てぎょっとするような感覚を受ける漢字に出会ったわたしは、「これ、何て読むの？」と、祖母に尋ねました。怖い映画のチラシに刷られていた漢字だったと記憶しています。

呪い

「それは、『のろい』と読むのよ。口偏に兄と書いて呪い。音読みだと『ジュ』ね」

「どうして、口に兄で呪いなの？」

兄という漢字は、小学校の低学年で習っていました。

「兄という漢字は、神事を司《つかさど》る年長の人という意味で、神に祈る人を表しているの。示す偏に兄と書く『祝（シュク）』と、口偏に兄と書く『呪（ジュ）』とは、もともとは同じ意味の祈りだったんだけど、よいほうの祈りが『祝』で、悪いほうの祈りが『呪』と、徐々に意味が二つに分かれていったのね」

「神事を司る人が、悪いことを祈ってもいいの？」

子供ながらに、そういう疑問が生じます。

「もちろん、悪いことを祈ってはだめ」

祖母は、笑ってかぶりを振りましたが、すぐに真顔になって、「人を呪わば穴二つ。そういうことわざを、麗美もよく覚えておきなさい」と、諭すように言いました。

「それって、どういう意味？」と聞いたわたしに、祖母はまじめな顔のまま説明しました。

「他人を呪うと、巡り巡って自分にも凶事――悪いことが起こる。だから、決して他人を恨んだり呪ったりしてはいけない。そういう意味よ」

2

教室に入る前から、不穏な空気がドアの隙間から漏れ出ているのに、わたしは気づいていました。

中学一年生の二学期という、すでにクラスの中での交友関係図ができあがった中途半端な時期の転校。一学期の最後に行われたクラス対抗球技大会で学年最下位になり、クラス全体が敗北感と屈辱感を引きずっていた時期。思春期と呼ばれる多感なお年頃。そして、何よりも、少女漫画の主人公のようなわたしの名前。

悪条件が重なっていました。

それまでわたしが住んでいたのは、瀬戸内海に面した港町でした。海水浴場もすぐそばなら、背後にはトレッキングのできる低い山も従えた自然に恵まれた町です。夏になると、近所の子たちと一緒に、毎日のように海で泳いでいました。当然、夏休み明けにはみんな真っ黒に日焼けしています。

そんな状態での初登校が、悲劇を招いたのです。教室に入った瞬間、いくつもの視線がわたしの日焼けした肌に突き刺さりました。

黒板に白いチョークで、わたしの名前が大きく書かれていました。

白鳥麗美

「今日から二組に新しいお友達が加わります。『しらとりれいみ』さんです」

担任の宇野《うの》先生がわたしを紹介しました。

教室内にさざ波のようにざわめきが起こりました。あちこちで低いささやき声が上がり、嘲笑がわき起こったのです。

「はい、静かに」と、宇野先生が注意したにもかかわらず、ざわめきがおさまるまでには時間がかかりました。

――しらとりだって？　冗談でしょ？　あんなに真っ黒なのに。

――白鳥っていうよりカラスって感じだよね。

――名は体を表す、っていうけど、うそだよね。

――ホント、見事に期待を裏切ってくれたよね。どんなに色白で、見目麗しい、きれいな子が転校してくるかと思ったのに。

クラスメイトたちの心の声がわたしには読み取れました。

始まりは、単なる名前いじりでした。それから、クラス内でのわたしをターゲットにした陰湿ないじめが始まったのです。

3

「結婚、おめでとう」

由紀子《ゆきこ》は、居間に通されると、持参したデパートの紙袋を孝美《たかみ》に渡した。

「生まれてくる赤ちゃんの服。少し大きめを選んでおいたけど」

孝美は妊娠八か月を過ぎたところで、子供の性別はもうわかっているという。女の子と聞いて、ピンク色のロンパースにしたが、お揃いの生地の髪飾りとクマのぬいぐるみがついている。

「わあ、嬉しい。ありがとう」

孝美は、せり出した腹部に手をやると、「あなたからもお礼を言ってね」と、胎内の子供にやさしく語りかけた。

「それにしても、二重のおめでたね」

ベビー服を見るなり、「可愛い」「可愛い」を連発して盛り上がったあと、よいしょ、とかけ声とともにソファに座った孝美に由紀子は言った。

「わたしだって、予想外だったのよ」

そう受けて、孝美は肩をすくめた。「まさか、アラフォーで妊娠できるとは思わなかったもの」

「それまでまじめに働いてきたんだから、神様が孝美にプレゼントしてくれたのよ」

わたしのときはこんなに大きかったかしら、と孝美の膨らんだお腹を見て思いながら、由紀子は言った。

孝美は、大学卒業後、化粧品会社に就職した。現在は産休中で、出産後も育児休暇をとる予定だというが、家庭を持った同僚にかわって残業や休日出勤を引き受け、奮闘してきた姿を由紀子は知っている。

仕事に邁進《まいしん》してきた孝美も三十五歳になって、一人でいることに不安を感じて焦り始めたらしい。婚活を始めたものの、「妥協するくらいなら、一生独身のままのほうがまし」と、交際まで進んでも少しでも気に入らないところがあると、首を縦に振ろうとしなかった。ようやく十三人目のバツイチの男性と意気投合し、結婚を決めた孝美だった。年齢が年齢だからと子供は期待していなかったというが、幸運にも結婚式を挙げる間もなく子宝に恵まれた。

「わたしがたぶん、最後じゃない？　結婚も出産も」

孝美が目を細めて言い、「M中学校の女子の中で」と、声を落として言い添えた。

「そうかもしれない」

由紀子自身は、二十七歳で職場で知り合った男性と結婚し、二十九歳で女の子を、三十二歳で男の子を出産している。

「由紀子のところにも、同窓会の案内状が届いたでしょう？」

孝美が眉をひそめて問う。

「ああ、うん。実家に届いていて、母が知らせてくれたわ」

「わたしはこんな身体だから欠席で出すけど、由紀子はどうする？」

「どうしようかな。いまだに交流があるのは孝美くらいだから、行っても話が弾むかどうか」

「女性は結婚して姓が変わっている人が多くて、現住所を把握しにくいから、幹事の権田《ごんだ》君も苦労しているみたいよ。ＳＮＳで呼びかけているけどね。『Ｍ中学校○年度卒業の同窓生のみなさん、不惑の年を迎える節目に旧交を温めてみませんか？

ぜひ権田まで連絡ください。仲間にも声をかけてください』って」

「孝美は、権田君とはいまでも交流があるの？」

同窓会を企画した権田基樹《もとき》は、中学校では学級委員を務めていて、勉強もスポーツもできる、いわゆる優等生だった。

「ずっと疎遠だったんだけど、三年前だったかな、SNSでつながったの。ほら、皆川《みながわ》姓のままだったから、権田君が名前検索して見つけて、友達申請をしてきたのよ」

現在は小林《こばやし》姓を名乗っている孝美は、結婚前は皆川孝美だった。

「権田君は結婚しているの？」

「さあ。しているんじゃない？　K大卒でR銀行勤務という情報は、公開されているわ」

首をすくめてから、「でも、いいよね、男の人は」と、孝美は言葉を重ねた。「姓が変わらない人がほとんどだから、未婚か既婚かわからなくて」

「そうよね」

由紀子もうなずいた。

由紀子は、結婚によって牧野《まきの》由紀子から田中《たなか》由紀子になった。愛着のある牧野姓を捨てた形だったが、女性が改姓するのが当然という風潮に逆らえず、また、当時は結婚にまつわるイベントに夢中で、自分の本心と向き合う暇がなかった。結婚してしばらくたってH市に帰省したときに、実家の表札を見て、身体の一部をもがれたような喪失感がこみあげてきたのだった。日本では、結婚時に女性の九十六パーセントが男性の姓を選んでいる。

「選択的夫婦別姓制度って、導入されそうにないものね」

孝美はため息をついてから、「もっとも、会社では旧姓で通しているから、支障はないんだけどね」と、自分に言い聞かせるように言葉を継いだ。

「わたしは、もうすっかり田中由紀子ね」

由紀子は、自嘲ぎみに言った。二人目を妊娠したときに会社を辞めて、しばらく専業主婦に専念していた由紀子は、その二人目が小学校に上がった年にパートの仕事を始めた。地域でも学校でも「田中さん」と呼ばれる生活に馴染《なじ》んでしまい、いまさら旧姓を通称にする必要性も感じられない。

「ねえ、知ってる？　クラスに佐々木久美《ささきくみ》さんっていたでしょう？」

と、孝美が上半身を乗り出した。「彼女、偶然、同じ佐々木姓の人と結婚したのよ」

「じゃあ、佐々木久美さんのままなのね」

「そうなんだけど、婚姻届を提出するときは、どちらの佐々木姓を選ぶか決めなくちゃいけないんですって」

「どっちを選んでも同じなのにね」

「と思うでしょう？　でも、違うのよ。最初は、ジャンケンで勝った久美さんが自分の姓を選ぶつもりだったんだけど、妻の姓を選択すると、妻が戸籍の筆頭者になって、戸籍上は夫が改姓したことになることがわかったの。そしたら、夫の家族や親族までが『やっぱり、夫が世帯主になるべきだ』って主張して、久美さんも譲歩したんですって」

「へーえ、そうなの」

「でもね、戸籍の筆頭者と世帯主とは別物なのよ。住民票の最初に書かれる人を世帯主と呼ぶだけでね。だから、戸籍の筆頭者が妻で、世帯主が夫でもいいわけで」

「日本の法律ってわかりにくいよね。選択的とはいえ、夫婦別姓制度の審議が進まないはずよ」

そう受けてついた由紀子のため息に、孝美がお腹の大きい分だけ大きなため息を続けたあと、二人ともしばらく黙っていた。

「白鳥麗美さん、いまどうしているかしら」

「白鳥麗美さん、同窓会に出席するかしら」

そして、二人とも同時に口火を切った。同窓会の話が出たときから、一人の女性の顔が由紀子の頭を占めていたのだが、孝美も同様だったようだ。

H市のM中学校時代、一年生の夏休み明けに瀬戸内海に面した町から転校してきた白鳥麗美。健康的な小麦色に日焼けした少女。しかし、その名前と日焼けした肌とのギャップや、名前から受ける華やかさとは対照的な平凡な容姿がからかいの対象となり、やがていじめへと発展したのだった。

「同窓会には出てこないんじゃない？　現住所がわからなくて、権田君は彼女には案内状を送ってないと思う」

由紀子が言うと、

「そうね。わたしも実は、名前検索してみたんだけど、白鳥麗美の名前ではヒットしなかった。結婚して姓が変わっているかもしれないし、SNS自体、やってないかもしれないけどね」

孝美が引き取り、「あんな嫌な思い出があるんだもの」と、陰鬱な調子の声でつけ加えた。

その嫌な思い出について、またそれぞれ思い巡らせる時間があってから、

「子育てをしているせいかしら。最近、彼女のことを思い出す機会が増えてね」

と、由紀子は話を続けた。「娘の担任が、『いじめは絶対にいけない。いじめる子はもちろん悪いけど、いじめを黙って見ている子も同じくらい悪い』って言ったのを、娘が真剣な顔でわたしに教えてくれたの」

「いじめの傍観者も同罪。そういう意味ね」

孝美も深くうなずいた。「まさに、あのころのわたしたちがそう。率先していじめに加わったわけではないけど、いじめを止めることもしなければ、白鳥さんをかばいもしなかった。頼りない担任だったとはいえ、宇野先生にもまともに報告しようとしなかったし」

「そうね。悪意の矛先が自分に向けられるのを恐れて、見て見ぬふりをしていた

わ」

由紀子も、胸を手で押さえながら思った。あれから二十七年の歳月を経て、不惑と呼ばれる年齢になっても、わが子と接しているときなどに不意に息苦しいほどの罪悪感がこみあげてくるのである。

東京都とはいえ、二十三区からはずれた多摩地区で、その中でものどかな農村風景が広がる町の中学校。それが由紀子たちの母校M中学校だった。都心へのコンプレックスを抱えていたところに、クラス対抗球技大会で不本意にも学年最下位になり、鬱憤がたまっていた。その鬱憤のはけ口が、転校生に向かってしまったのかもしれない。思春期の生徒たちは、クラスで浮いた存在になるのを嫌う。そこに現れた港町の空気をまとった真っ黒に日焼けした転校生は、充分に浮いた存在だった……。

「いまさら反省しても遅いかもしれないけど、でも、もし同窓会に白鳥麗美さんが現れたら、わたし、心から謝罪しようと思っているの。『あのときはごめんなさい』ってね」

と、由紀子は言った。

4

郵便局の窓口の表示板を見ると、順番が回ってくるまであと五人。わたしは、気分を落ち着かせるために目をつぶった。すると、さっき見つけてしまったＳＮＳの画面が脳裏によみがえって、心臓の鼓動が激しくなった。頭を振ってその画像を追い払おうとしたが、失敗した。

――Ｍ中学校〇年度卒業の同窓生のみなさん、不惑の年を迎える節目に旧交を温めてみませんか？　ぜひ権田まで連絡ください。仲間にも声をかけてください。

自分のＳＮＳのページを使って、権田基樹がそう呼びかけていた。

権田基樹。忘れようとしても忘れられない名前。わたしがＭ中学校に転校したとき、一年二組の学級委員を務めていた男子生徒だった。成績がよくて運動神経もよくて、教師受けもいい、絵に描いたような優等生。そのままエリートコースを突き進んだのだろう。一流大学を出て、大手都市銀行に勤務している。その経歴を誇らしげに載せているのも気に食わない。愛犬家をアピールしているのか、アイコンに飼い犬らしい毛並みのいい黒いトイプードルの写真を使っているのも、わたしへのあてつけにしか感じられない。

権田基樹がいじめの首謀者だったわけではない。首謀者は別にいた。しかし、クラスを一つにまとめる役目をするはずの彼がいじめを見逃した。そう、確信犯的に見逃して、いじめられるわたしを見て楽しんでいたのだ。

美術の授業のあった日だった。校外に出て写生した風景画に彩色する日。わたしの絵の具箱からチューブ入りの白い絵の具が消えていた。絵の具箱は、パレットや筆と一緒に後ろの自分のロッカーに入れておいたはずなのに。

白い絵の具がないと、木立の緑の葉の微妙なグラデーションが表現できない。

「先生、わたしの白い絵の具がありません」

美術が専門でもある担任の宇野先生に申し出ると、

「よく探してみたの？」

と、心配するより先に、宇野先生はわたしの落ち度を問題にした。それまでにも、わたしの上履きや筆箱などの持ち物が見あたらなくなることが続いていたが、それらは少したって、教室や校内のどこかから誰かが「あったよ」と、見つけることで解決していた。

誰かが隠したのは明白だった。一人の人間の持ち物だけ何度も続けて消えることなどあり得ない。

ところが、宇野先生は細かな目配りができない、恐ろしく鈍感な教師だった。

転校してきた当初、前の中学校との授業の進み具合の違いに戸惑ったわたしは、母が忙しかったせいもあり、忘れ物をすることが多かった。それで、宇野先生の頭には、忘れ物の多い注意散漫な子、として刷り込まれてしまったのかもしれない。

上履きが靴箱の隅っこから見つかったときは、「場所を間違えて入れたんじゃないの？」ですませたし、筆箱が教室のゴミ箱から見つかったときは、わたしのロッカーとゴミ箱が近かったことから、「鞄を出すときに滑り落ちたんじゃないの？」ですませた。いずれも破損はしていなかったから、大きな騒動にしたくなくて、「見つかってよかったわね」で終わらせたかったのかもしれない。

「誰か貸してあげなさい」

このときも、宇野先生は、わたしの絵の具を捜す手間を惜しんで、授業を進めようとした。

「白い絵の具なんかいらないよね」

「真っ黒に塗っちゃえば？」

「自分の身体から絞り出せばいいのに」

「そうだよね。白鳥さんなんだから」

宇野先生が教壇に戻るなり、周囲のひそひそ声がわたしの耳に入ってきた。声のするほうへ顔を振り向けると、途端にみんなすまし顔になる。誰が何を言ったのか、人物を特定することはできない。

授業が始まってまもなく、背中に何かが当たって床に落ちた。チューブに入ったわたしの白い絵の具だった。

「ほら、あったじゃない」

と、後方の席の須藤陽子《すどうようこ》が声を上げて、「先生、白鳥さんの白い絵の具、床に落ちてました」と続けた。

「足元までよく捜しなさいね」

そのときも宇野先生は、ちらりとこちらを見て注意しただけですませてしまった。

折りしも全国の中学校でいじめが原因で自殺する子が続き、生徒指導の一環として、「いじめについて考える」時間を設けるようにと教育委員会から指示があった。

ホームルームの時間、宇野先生は信頼を置いていた学級委員の権田基樹に司会役を命じると、「ちょっと職員室に用事があるから。意見を取りまとめておいて」と席をはずした。

「では、何でもいいですから、いじめについて気がついたことを言ってください」

権田基樹は、教師のように教壇に両手をつくと、生徒たちを見回した。

わたしは、いま手を挙げるべきか、宇野先生が戻るまで待つべきか迷った。

「このクラスでいじめられた経験のある人、またはいじめを目撃した人はいますか？」

質問が切り替わったとき、やはりいましかない、と意を決して挙手した。

「はい、白鳥さん」

指されたわたしは、声をうわずらせながら、いままでに起きたいじめとしか思えない事件――上履きや筆箱や絵の具を隠されたこと、「カラス」「闇女」「名前負け」「海に帰れ」などと陰口を叩かれたことを訴えた。

「それは、誰にされたのですか？　悪口は誰に言われたのですか？」

わたしは、言葉に詰まった。誰にされたのか、誰に言われたのか。心あたりはあるが、確信はない。録音したわけでも、悪口を書かれた紙を持っているわけでもない。確信のないままに名前を挙げて、いじめがエスカレートしたりしたらたまらない。

「わかりません」

悔しさをにじませて震える声で答えると、

「では、誰かその場面を見たり、聞いたりした人はいますか？」

権田基樹は、教室内を見回して問うた。

誰も手を挙げる者はいなかった。

「いませーん」

須藤陽子があっけらかんとした声で言い、「いませーん」「いませーん」と、それに何人かが追従した。

わたしは、絶望感に苛《さいな》まれた。いじめの物的証拠がない上に、名乗り出る証人までいないとは……。

そこへ宇野先生が戻ってきて、「意見はまとまりましたか？」と学級委員に尋ねた。

「先生、うちのクラスにいじめはありません。一年二組は、みんなで助け合う仲のよいクラスです」

権田基樹は、得意げな顔で担任教師に告げた。

「そう。よかったわ」

宇野先生は満足そうに応じると、次の課題に進んでしまった。

教壇から自席に戻る途中の権田基樹の視線と、驚愕で目を見張ったわたしの視線とは、一瞬ではあったが、確かに絡み合った。

権田基樹の口元は緩んでいた。微笑んでいたのだ。が、目は笑っていなかった。

その瞬間、わたしは悟った。彼は、いじめのターゲットになっているわたしを見て楽しんでいる。つねに優等生でいなければいけない彼にもプレッシャーはあったのだろう。彼にとって、いじめられるわたしを見るのが最大のストレス解消法だったのだ。

「坂口《さかぐち》さん……坂口れみさん」

名前を呼ばれて、わたしは、過去の回想から現実世界に引き戻された。ああ、そうだ、郵便局で順番待ちをしていたのだった、と我に返る。

「はい」と返事をして、窓口へ向かった。

現在のわたしは、白鳥姓ではなく、坂口姓である。結婚によって、改姓したのだ。が、旧姓を捨てるのが目的の結婚がうまくいくはずもなく、夫婦仲がぎくしゃくし始めてから一年たらずで離婚に至った。復氏届は出さず、坂口姓を名乗ったままでいる。離婚してから、名前の表記を「れみ」に変更した。戸籍に届け出る名前は漢字だけで読みは問わないから、「麗美」と書いて「れいみ」ではなく「れみ」と読ませてもかまわない。画数が多くて書きにくいからという理由で、ひらがな名を通称として使用するようになった。日常生活では、戸籍まで要求される場面はそう多くはないから、大抵の場所は「坂口れみ」で通用する。

——いじめられたつらい経験を想起させられるから、白鳥麗美の名前を捨ててしまいたい。

そんな思いから別人に生まれ変わったわたしだが、大好きだった祖母がつけてくれた名前を捨てたという後ろめたさや心苦しさは拭えない。

その祖母は、わたしが中学生になって、最初の夏休みを迎える前に肺の病で亡くなった。自分の死期を悟っていたらしく、「麗美、おばあちゃんはもう長くはないの。身体はなくなっても、心は生きてあなたのそばにいるからね。麗美が麗美でいるかぎり、あなたを守ってあげるからね」が、わたしに残した最期の言葉だった。祖母が亡くなると、母は遠い親戚を頼ってわたしを連れて上京し、H市に住まいを構えた。職場も市内で見つけた。

――麗美が麗美でいるかぎり……。

祖母の言葉が耳から離れない。白鳥麗美という名前に誇りを持っていたのに、いじめに遭って人間としての尊厳を失った。大体、引っ越す前に住んでいた集落では白鳥姓は珍しくなかったのだ。誰も名前いじりをする人間などいなかった。

持ち物を隠されたり、陰口を言われたりするたびに、教室から消えてしまいたい、と思った。死んでしまいたい、と思ったこともあった。けれども、祖母の言葉を思い出して、耐え忍んだ。おばあちゃんがわたしを守ってくれる、と信じていたからだ。

幸い、二年次にクラス替えがあり、権田基樹やいじめの首謀者とその仲間とは違うクラスになった。それでも、体育の授業で更衣室が一緒になったときなどに運動靴や水着を隠されたり、バレーボールの試合で集中的に狙われたりした。権田基樹は、そんなわたしを遠目に見て、相変わらずあざ笑っていた。

しかし、永遠に中学生であり続けるわけではない。高校生になって新しい交友関係を築き、美容師になる夢を持って専門学校に進んだ。過去は断ち切ったつもりだった。

――それなのに……。

いじめがトラウマになって、いまだに過去の記憶に苦しめられている人間がいるというのに、その存在を慮《おもんぱか》ることなく、同窓会を開いて旧交を温めようなんて、無神経すぎる。

封印した過去を掘り返してほしくはない。権田基樹が憎い。殺してやりたいほど憎い。

「呪い」の二文字が、わたしの脳裏に浮かび上がる。

――人を呪わば穴二つ。

他人を呪うと、巡り巡って自分にも悪いことが起こるという。本当だろうか。いじめの本質は「呪い」ではないのか。権田基樹は、わたしに悪意が向けられる様子を見て楽しんでいたのではないか。彼は心の中で、〈あいつに悪いことが起これ〉と、祈っていたのも同然ではないか。

祖母に続いて昨年母も亡くなり、わたしは天涯孤独になった。誰かを呪っても、身近にわたしを咎《とが》める人はもういない。

今日は、母の死後の手続きのために、郵便局を訪れたのだった。母と同じように、わたしもいまは美容師の仕事をしている。

——権田基樹の身によくないことが起きますように。彼の身に悪いことが起こりますように。あいつにバチがあたりますように。あの男が苦しみ悶《もだ》えて、息絶えますように。

わたしは、仕事場である美容室に戻ると、笑顔で客の髪の毛を切りながら、心の中では呪詛《じゅそ》の言葉を吐き続けた。

5

由紀子は、孝美からスマホに届いたメッセージで、権田基樹が交通事故で死んだことを知った。にわかには信じられずに、新聞やネットニュースで探して、自分の目でも確かめてみた。紛れもない事実だった。

仕事を終えて丸の内の飲み会に参加した権田は、終電で国分寺の自宅まで帰ろうとしたらしい。駅から自宅まで千鳥足で歩いて帰ろうとしたのだろう。深夜、路上でトラックにはねられて命を落とした。

孝美の家を訪ねてから、ほんの一週間後のことである。

夫が出勤し、子供たちを学校に送り出したあと、家事を終えてノートパソコンをつけてみた。今日はパートの仕事がない日だ。権田のSNSをのぞいたが、まだ何も書き込まれてはいない。飼い犬なのだろう、愛くるしいトイプードルの写真のアイコンを見つめていると、スマホに孝美からまたメッセージが届いた。同級生だった佐々木久美を加えたグループを作ったから、そこでやり取りをしようという。

「お久しぶり」「元気だった?」という型どおりの挨拶に続いて、核心の話題についての書き込みが飛び交った。

――同窓会の前に幹事が事故死しちゃうなんてショック! 偶然だと思う?(久

美）

――偶然じゃないとしたら？（孝美）

――誰かが……なんてことはないか。（久美）

――警察が検分したのだから、単なる事故でしょう。（由紀子）

――だよね？　他殺であるわけないよね？（久美）

――死を願うことはできるけど。（孝美）

――どういう意味？（久美）

――権田君を恨んでいる人がいて、同窓会もひっくるめて恨むとか。（孝美）

――同窓会を恨む。それで思い出した事件。二十年くらい前に、中学校の同窓会の会場に爆弾と砒素《ひそ》入りビールを持ち込もうとした男がいた。彼は、自分をいじめていた同窓生や、黙認することによっていじめに加担した同窓生に復讐《ふくしゅう》するために、自ら同窓会を企画した。（由紀子）

――復讐したくて幹事になったわけ？　それで、どうなったの？（久美）

――事件の顚末《てんまつ》は？（孝美）

――男は自分の部屋で爆弾を作り、砒素を用意して、殺人計画を練っていた。男の母親は、息子が書いた「殺人計画書」を発見して、事前に警察に届けた。男は逮捕されたので、同窓会には出られなかった。そのころ同窓会は無事開かれていた。同窓生たちはその場に現れなかった幹事の彼について、「急用でもできたのかな」「同窓会を開こうなんて、よっぽど中学時代が思い出深かったのね」などと無邪気に語り合ったという。(由紀子)

――母親が息子の企みに気づいたからよかったけど、気づかなかったらどうなっていたのかしら。想像すると怖いよね。(久美)

――そこから導き出せるのは、「いじめたほうは忘れても、いじめられたほうは忘れない」っていう有名なフレーズ。(孝美)

――いじめを静観していたわたしも、あのことは忘れられない。(由紀子)

――白鳥麗美さんのことでしょう? 久美さんは覚えてる? (孝美)

――もちろん、覚えてる。白鳥さん、持ち物を隠されたり、陰口を言われたりしてたよね? (久美)

――白鳥さん、とくに権田君のことを恨んでいたと思う。いじめについての話し合いの司会、権田君だったし。(由紀子)

――あのとき、わたしも手を挙げなかった。いじめはなかった、と認めたのと同じ。（孝美）
――わたしもそう。勇気がなくて手を挙げられなかった。須藤陽子さんが怖かったから。（久美）
――須藤陽子さんとその取り巻きが、でしょう？（孝美）
――白鳥さんが権田君のことを呪っていたとしたら？　その呪いが成就して、権田君が事故死したとしたら？（由紀子）
――イヤだ。怖いこと言わないで。（久美）
――白鳥さん、当然、須藤陽子さんのことも恨んでいるよね？（孝美）
――いま、この瞬間、白鳥さんが須藤陽子さんに呪いをかけていたら？（由紀子）
――呪いをかけるとしたら、宇野先生にもじゃない？　白鳥さん、宇野先生のことも恨んでいると思う。（孝美）
――わたしもそう思う。宇野先生、白鳥さんがいじめられていたのに勘づいていたはずなのに、教師としての力量を問われて評価が下がるのを恐れて、黙認してい

た気がする。宇野先生も、いじめを見て見ぬふりをしていたわたしたちと同じ。(由紀子)

——じゃあ、次は須藤陽子さんか宇野先生が呪い殺されるってこと？（孝美)

——やめて。呪い殺すなんて、そんなの怖い。(久美)

——冗談、冗談。(孝美)

——冗談、冗談。(由紀子)

その夜、残業で遅くなった夫の夕飯のしたくをしていると、

「中学の同窓会、どうなった？出ることにしたの？」

と、ビールを飲みながら、夫がカウンター越しに聞いてきた。

由紀子は、キッチンで夕飯のおかずの酢豚を温めていた。二人の子供はとっくに寝ている。

M中学校の同窓会の案内状が、卒業名簿の住所にあった実家に届いた話は、夫にしてあった。

「あれね、やっぱり、やめたわ」

「どうして？」

「孝美が出られないなら、話し相手もいないし。出てもつまらないから」

「ふーん、そう」

　口では軽く受けただけだったが、夫の顔に安堵の色が浮かぶのを由紀子は見逃さなかった。

　由紀子の夫は、自分が関与しない時代の話を妻がするのを好まない。結婚してから気づいた夫の性分だった。それを知ってから、極力、個人名を出して昔話をしないように心がけている。夫が知っている由紀子の中学時代の同窓生は、結婚披露宴に招待した孝美くらいだった。幹事役の権田基樹の名前は、もちろん、夫には知らせていない。中学校の同窓生が交通事故死したことも伝えるつもりはない。

　夫の実家は、都心の一等地にあり、そこに三十代半ばで独身の夫の妹が義父母と一緒に住んでいる。夫も義妹も、中学高校大学と都内の有名私立の一貫校で学んでいる。そのせいか、東京のはずれの多摩地区に生まれ育ち、公立の中学高校と進んで、通いやすいからという理由だけで家から近い女子大に進学した由紀子は、夫に対してコンプレックスを抱いていた。二歳上の夫とは、職場で知り合った。洋酒を扱う大手商社に勤めていて、海外への出張も多い。

家庭内では中学時代の話はタブー、と由紀子は決めていた。ましてや、クラス内にいじめられていた転校生がいて、いじめを見て見ぬふりをしていた、などという話は口が裂けてもできない。子供たちに伝わりでもしたら大変だ。教育上、悪影響を与えかねない。

夫が不在のときにSNSを通して友人とおしゃべりをするのが、由紀子にとっては唯一の息抜きになっていたのだった。

6

権田基樹が交通事故で死んだ。

信じられなかった。彼の死を告げる新聞記事を何度も読み返した。無機質なネットニュースよりも紙上の活字のほうが、より血の通った現実のものとして受け止めることができる。

——わたしの呪いが通じたの？

どうとらえたらいいのか、わからなかった。

偶然にすぎないのか。あるいは、つねにわたしの傍らにいるという祖母の霊が、わたしの願いを叶えさせてくれたのか。

幹事がいなくなったのだから、同窓会は中止になるだろう。

――いい気味だわ。これで、ようやく復讐を果たせたんだもの。

そう思って溜飲《りゅういん》を下げる一方で、落ち着かない気分になって、恐怖心も芽生えた。

――本当にわたしの呪いの力なの？　人の不幸を祈る念の力って、こんなに強いものなの？

――人を呪わば穴二つ。

祖母から教わったそのことわざも恐怖心を煽《あお》った。他人を呪うと、巡り巡って自分にも凶事が起こるという。「決して他人を恨んだり呪ったりしてはいけない」と、祖母からたしなめられたのではなかったか。わたしは、その禁を破ってしまった。

権田基樹の事故死を知った日から、何をしていても「呪い」の二文字が頭から離れなくなった。家にいるときも、仕事中も。よほど怖い顔をしていたのだろう。シャンプーした女性客の髪の毛をドライヤーで乾かしていたとき、鏡に映った自分の顔を女性客が眉をひそめて見ていたこともあった。「坂口さん、最近、笑顔が少ないよ。大丈夫？」と、店長に心配されたりもした。

眠れない夜が続いて睡眠不足になったせいか、仕事中に不意に眠気に襲われて、手にしたハサミを客の足元に落としたときは、「気をつけてね。ハサミは凶器にもなるんだから」と、あとで店長に強い語調で注意された。

——権田基樹を呪った結果、不眠症に陥った。これがわたしにとっての「凶事」なのか。

そう思ったわたしは、クリニックに通って睡眠導入剤を処方してもらった。

薬のおかげで眠りが得られるようになったものの、不眠の症状が改善し始めると、今度は、自分の呪いの力を試してみたい気持ちが頭をもたげた。

——わたしの中には、もっと強い力が潜んでいるのではないか。

恨んでいる人間は、権田基樹だけではない。呪ってやりたい人間は、ほかにもいる。

まずは、担任だった宇野先生だ。宇野聡子《さとこ》。転校生のわたしがクラスでいじめられていたことを、彼女が知らなかったはずはない。気づいていて気づかないふりをしていたのは、明らかだった。

宇野聡子は、現在、多摩地区H市の教育委員会に所属しているという。SNSで名前検索してみてわかった。市のホームページに掲載された経歴を見るかぎり、M中学校に勤務していた当時は、いまのわたしとほぼ同年齢だと思われるから、六十代後半になっているだろう。彼女が既婚者だったのは覚えている。

――クラスの統率もはかれない教師が、定年退職後、教育委員会のメンバーになっているなんて……。

教育委員会には、中立的な立場で、市内の小中学校におけるいじめの問題に取り組む姿勢が求められているはずだ。いじめを黙認していた無能な宇野聡子に、そんな大役が与えられていい道理がない。

そして、何と言っても、いじめの首謀者の須藤陽子である。

彼女にはつるんでいる仲間が三人いた。須藤陽子が三人の「手下」に、わたしの持ち物を隠すように命じていたに違いない。上履きを汚されたり、筆箱を壊されたりしたわけではない。見あたらなくなった持ち物は、その後、須藤陽子の「手下」のいずれかによって発見されたとされ、わたしのもとに戻ってきた。彼女たちは、持ち物がなくなって一時的にでも不安な顔になるわたしを見て、楽しんでいただけだったのかもしれない。けれども、孤立したわたしの心を傷つけるのには充分な仕打ちだった。

物的証拠を残さないようにした須藤陽子のやり方は、非常に狡猾だった。だが、状況証拠が須藤陽子の「犯行」を示している。美術の時間、わたしの背中にチューブ入りの白い絵の具を投げてよこしたのは、おそらく彼女だろう。いじめの現場を見聞きした者がいない、と断言したのも、彼女と手下の仲間たちだった。

それから……まだいる。かかわり合いになるのを恐れて、わたしがいじめられるのを黙って見ていた者。ときには一緒になって、陰口を叩いた者。ときには一緒になって嘲笑した者。同情的なまなざしを投げるふりをして、自分がいじめられないですむと胸を撫で下ろしていた者。クラスの全員がいじめに加担したのだから、全員が呪いの対象になる。

――それにしても、「呪い」ってどうやればいいのか。

果たして、本当に自分の念の力が及んで、權田基樹が死に至ったのか。そうだとしたら、どういう手順の「呪い」をかけたのか。その工程を忠実に再現しようとしたが、心の中で呪詛の言葉を吐き続けていたということくらいしか思い出せない。

それで、今回は、紙に書いて呪うことにした。最初は、呪う相手をすべて書き出してみたが、複数では念の力が分散されて弱まってしまうと考え、一人ずつに変更した。

やはり、まずは、宇野聡子からだ。

儀式は厳かなほうが効果的だ。書道用の和紙に、墨を磨《す》った筆で宇野聡子の名前を書いて、壁に貼った。そして、毎晩、寝る前に和紙の前に正座し、両てのひらを合わせると、念仏を唱えるように呪いの言葉を唱えた。

――宇野聡子の身によくないことが起きますように。宇野聡子が不幸になりますように。宇野聡子に災厄が降りかかりますように。宇野聡子が災難に見舞われますように……。

唱える呪詛の中に「死」という言葉を盛り込まなかったのは、「人を呪わば穴二つ」が抑止力になっていたからだろう。他人を呪うと、巡り巡って自分にも悪いことが起こるという。他人の死を願えば、その分大きな凶事が自らの身に降りかかる可能性が高くなる。

ところが、「死」という言葉を排除したにもかかわらず、「呪い」のリバウンドは、案の定生じてしまった。

毎夜の呪いの儀式を始めてから、ふたたびわたしの眠りは浅くなり、ひどくリアルな悪夢まで見るようになったのだ。地獄絵図のような光景が広がった場面に出くわしたり、人が電車にはねられたり、崖から突き落とされたりする場面に居合わせたり……。睡眠導入剤を服用すれば眠れることは眠れるのだが、嫌な夢ばかり見て、起きると全身にぐっしょり汗をかいている。起きてからもしばらくは、胸の動悸《どうき》がおさまらない朝が続いた。

仕事中はミスをしないように細心の注意を払い、気が張り詰めているせいか、家に帰ると気が緩んでどっと疲れが出た。それでも、充分な睡眠は得られない。勤務先の美容室が休みの火曜日は、カーテンを閉めきって、前夜から続けてほぼ一日中、家の中で寝ているほどだった。

7

——一昨日の午前六時頃、H市○○の歩道橋の階段の下で、H市在住で市の教育委員を務める宇野聡子さん（六十八）が血を流して倒れているのを、散歩中の近所に住む男性が見つけた。宇野さんは病院に運ばれたが、死亡が確認された。死因は脳挫傷で、頭に鈍器のようなもので殴られた跡があった。背後から何者かに頭を殴打され、階段から転落したと思われる。宇野さんには、毎朝自宅付近を散歩する習慣があったという。H警察署では殺人事件とみて、捜査を進めている。

M中学校で担任だった宇野聡子の訃報を、新聞記事を転載する形でグループSNSに書き込んだのは、佐々木久美だった。

パート先の雑貨店にいた由紀子は、昼休みになるのを待ってグループSNSに参加した。臨月に入った孝美も、「お腹の子に響くから、なるべく怖い事件は避けて通りたいんだけど」と前置きした上で加わった。

――わたしたちが予想したとおりになって、怖いね。（久美）
――偶然が二度続くとは思えない。（孝美）
――白鳥さんの呪いが成就したってこと？（久美）
――わたしも想像はしたけど、現実にそうなるとは……。変だと思う。（由紀子）
――呪いの力じゃない、って意味？（孝美）
――今度は、殺人事件だから、交通事故死とは違う。（由紀子）
――白鳥さんが犯人だと思うの？（久美）
――強盗の犯行でないとすれば、動機は怨恨のセンが高い。宇野先生を恨んでいた人が、白鳥さんのほかにもいたかもしれない。（由紀子）
――財布などが盗まれている、という報道はいまのところされてないよね。（孝美）
――わたしたちの予想どおりに進むとしたら、次は須藤陽子さんで、その次は……。イヤだ、怖い。（久美）
――警察に情報提供したほうがいい？　同窓会を企画した権田君が交通事故で死

んで、ひと月後に今度は当時の担任が殺されたことを。（孝美）
――時期尚早かもしれない。慎重にならないと。とにかく、白鳥さんがいまどうしているか。それから調べないと。（由紀子）
――どうやって調べるの？　どうやって捜すの？（久美）
――わたしは身重だから、行動は起こせない。できればかかわりたくないんだけど。（孝美）
――身重じゃなくても、わたしだってかかわりたくない。（久美）

自分はどうするべきか、二人のコメントを読んで、由紀子は考えた。探偵を雇うような金銭的余裕はない。「白鳥麗美さんを捜しています」と、ＳＮＳを利用して公に呼びかける方法しか思いつかないが、そんな勇気もない。孝美が言ったように、警察に情報を提供するべきか。だが、警察という言葉が思い浮かんだ瞬間、夫の顔も同時に浮上した。

「子供たちのためにも、ぼくのためにも、両親のためにも、厄介なことにはかかわらないでくれ。警察沙汰は論外だ。平穏な家庭を維持するのが君の役目だからね。

いいね?」

そう諭され、釘を刺されるのが目に見えている。

――わたしもこれ以上、かかわりたくない。

由紀子は、しばらく考えたのちにそう書き込んだ。書き込んでから、あのときと同じだ、と思った。白鳥麗美へのいじめを静観していたあのときと。

8

宇野聡子が死んだ。いや、殺された。今度も先にネットニュースで知って、それから新聞記事で確かめた。交通事故死した権田基樹。何者かに殺害された宇野聡子。わたしが呪った順番に死んだことになる。

偶然だろうか。いや、偶然だとは思えない。これはもう、わたしだけの力ではない気がした。何か恐ろしく強大な力がわたしにとりついているとしか思えなかった。

――祖母の霊力?

祖母には確かに霊感があったが、存命なときなら効力を発揮することもできたかもしれないが、死んでから三十年近くたっているのである。

殺人事件なのだから、警察の捜査は、幅広く被害者の交友関係に及ぶだろう。現在はもとより、過去のそれも対象になるはずだ。

わたしは、儀式に使った和紙を急いで壁から剝がすと、破り捨てた。被害者を恨んでいたという証拠になる。スマホに残っていた検索ワードから、「宇野聡子」に関するものもすべて消去した。

卒業以来、宇野先生とは会っていない。手紙のやり取りもしていない。大丈夫、目に見えるつながりは何もない。警察の捜査の手は、わたしにまでは及ばないだろう。もっとも、及んだとしても、わたしが殺したのではないから、疑いがかかっても、いずれは晴れるはずだ。

——犯人は誰なの？　一体、誰が殺したの？

事件から二週間たっても、犯人は捕まらないままだった。事件の続報も記事にはならない。

わたしの「呪い」が成就したのかどうかはわからない。だが、現実に宇野先生は死んだ。もう呪う必要はないのに、呪った代償は大きかった。夜中、まったく眠れなくなった。いくら睡眠導入剤を飲んでもだめだった。

他人を呪って、願いが叶えられたかわりに、安眠を失ってしまったのだ。睡眠不足で目の下に隈を作り、身体がふらついた状態で仕事に行き、美容器具の操作を誤って故障させてしまうミスが続いて、「お客さまに何かあると困るから、明日から当分休養してね」と、店長に強制的に休みをとらされた。

その夜は、酒の力を借りて、無理やりにでも寝ようと試みた。濃い目に作ったウイスキーの水割りに睡眠導入剤を入れて飲んで、しばらくすると、ようやく眠気に襲われた。

どのくらいうとうとしただろうか。

「坂口れみ、坂口れみ、起きなさい」

自分を呼ぶ命令口調の女の声で、わたしは目を覚ました。誰の声だろう。自分の声にやけに似た声だった。あたりを見回したが、まだ夜明けにはほど遠い時間で、外は真っ暗だ。

頭が痛い。酒のせいだろうか、薬のせいだろうか。

冷たい水で顔を洗うために、洗面所へ行った。

鏡に映った自分の顔を見て、ハッとした。

自分ではない女が映っている。いや、わたしかもしれない。わたしの顔によく似ているのだが、別人に見える顔だ。眉が吊り上がり、目が充血して口が裂けた、般《はん》若《にゃ》の面のような女。

「誰？」と、震える声でわたしは問うた。

「あなたが殺した女よ」と、わたしによく似た顔の女が、わたしによく似た声で答えた。

「わたしが……殺した？」

「そうよ。わたしは、あなたに殺された白鳥麗美。あなたがわたしをこの世から抹殺した」

わたしによく似たこの女は、何を言っているのだ。頭が混乱して、わたしは痛いほど首を横に振った。

「覚えてないの？」

けたたましい笑い声を上げたあと、低い声で女は聞いた。「あの日のこと、覚えてないの？」

「いつの……何を？」

心臓の鼓動が速まった。何かを思い出しかけている。

「二週間前の今日、暗くなってからあなたは出かけた。電車に乗って、H市に向かった。宇野聡子を殺すために。息を潜めて朝まで待って、散歩するために家から出てきた宇野先生のあとをつけて、そして、あの歩道橋で……」

「うそっ」

わたしは、叫ぶと同時に両耳を強くふさいだ。あの日の前後、悪夢を見た気がしたが、あれは夢ではなかったのかもしれない。誰かを崖から突き落とす夢だったが、現実が夢に取り込まれて加工された映像ではなかったか。

「うそだと思うなら、クローゼットの奥のキャリーバッグを見てごらんなさい。あなたが殺したという証拠があるから」

生唾を呑み込むと、わたしは洗面所を出て、クローゼットに向かった。緑色のキャリーバッグを引き出して、カバーを開ける。

全身の皮膚が粟立《あわだ》った。中から血のついた金槌《かなづち》と、丸められたベージュのスプリングコートが出てきた。コートを広げると、飛び散った血痕がいくつもついている。

「わたしじゃない。わたしは知らない。だって……」

　わけがわからずうろたえるばかりのわたしに、

「大丈夫よ」

　と、わたしの声によく似た声が頭の中で響いた。「麗美が麗美でいるかぎり、守ってあげる。死んだおばあちゃんにそう言われたでしょう？　だから、あなたにかわってわたしが出てきてあげたの。そして、あなたの願いをすべて叶えてあげたのよ。わたし――白鳥麗美は、死んだおばあちゃんに守られているから、絶対に捕まらないの」

「それって……」

　どういう状況なのだろう。薄れていく意識の中で、わたしは推理を巡らせる。わたしの中にもう一つの人格が生まれてしまったのだろうか。それとも、葬ったはずの彼女――白鳥麗美という名前を持つ過去のわたしが目覚めてしまったのか。

　坂口れみが、白鳥麗美に人格をのっとられてしまったのか。殺人を犯したのは、その白鳥麗美なの？

　――人を呪わば穴二つ。

他人を呪うと、巡り巡って自分にも凶事が起こるという。凶事は……やはり、起こった。

「次の呪いの相手は、誰だったかしら。ああ、そう……須藤陽子ね」

それが、気を失う直前にわたし──坂口れみの耳に入った、もう一人のわたし──白鳥麗美の最期の言葉だった。

第五話　あなたが遺したもの

1

乗り換えの駅構内で澄枝《すみえ》の姿を見つけたのは、紀美子《きみこ》のほうが早かった。だが、紀美子はそのままやり過ごそうとして、背をかがめると歩調を速めた。

「紀美子さん」

ところが、澄枝に呼び止められてしまった。

「あ……ああ、お久しぶりです」

胸の動悸を抑えて振り返り、頭を下げた。九年ぶりに見る元姑《しゅうとめ》——橘《たちばな》澄枝だった。九年分、いや、それ以上に老け込んで見える。今年七十二歳になるはずだ。

「ほんと、久しぶりね。九年……ぶりかしら」

澄枝は、会わないでいた歳月を正確に覚えていた。

「そうですね」

「お急ぎ?」

「あ……いえ」

用事を済ませて、自宅に帰るところだった。休日の午後。洗濯物も干していないから、急いで帰宅せずとも気がかりなことはない。

「お茶する時間はあるかしら。そんなに長くは引き止めないわ」

息子の妻だった女を誘うのに、遠慮がちな口調になるのは当然かもしれない。だが、二人を結びつけていた絆が絶たれて九年たっても、嫁姑という関係性は変わらないのだろう。敬語を使わない話し方は以前のままだ。

「ああ、はい。時間はあります」

紀美子も以前のように敬語で応じた。

駅構内のカフェに入り、カウンターでアイスコーヒーを二つ注文する。澄枝が千円札を差し出して、「いいの、ここは」と、五百円玉を急いで小銭入れから取り出して渡そうとした紀美子を制したので、元姑の顔を立てることにした。

壁にぴたりとくっつけて置かれた小さなテーブルで向かい合う。足元に荷物かごがあるのがわかったが、それは「どうぞ」と澄枝に譲った。バッグ一つの紀美子に対して、澄枝はバッグのほかに大きな紙袋を二つも持っている。

「孫のものなの。弥生《やよい》に頼まれてね」

紀美子の視線が紙袋に注がれているのを見て、澄枝が言い訳のように説明した。ショッピングで歩き回って疲れたのだろうか。目じりに疲労がにじみ出ている。ベージュのカーディガンがよれて、ワイドパンツにもしわが寄っている。

「お孫さんたち、大きくなったでしょうね」

橘家との絆が切れたとき、義妹である弥生の子供は、確か、十一歳と九歳だった。あれから九年。上の女の子は成人しているはずだ。

「大学生と高校生よ。下は三年生で、来年受験だから、大変なときなの」

澄枝は顔をしかめてから、「そんなことはどうでもいいの。紀美子さん、あなたはお元気?」と、口元を緩めて聞いてきた。

「ええ、元気です」

「お仕事は、相変わらず?」

「いまは、新宿のショールームにいます」

紀美子は大学卒業後、一級建築士の資格を生かして建設会社に就職した。四十七歳になる今日までずっと同じ社にいる。長年問題を起こさずこつこつと働いてきただけに、それなりの肩書きもついた。

「そう」

昔を思い出すように目を細めてうなずくと、澄枝の口から吐息が漏れた。

「お義母《かあ》さんもお変わりないですか？」

話の流れから紀美子はそう問うた。一瞬、相手の呼び方に迷ったが、「澄枝さん」と名前で呼ぶのはさすがにためらわれた。

「ええ、わたしは元気よ」

そう答えた澄枝の顔がこわばって見える。

「ずっとお一人で？」

ふと胸騒ぎを覚えて、紀美子は聞いた。

「いまは、弥生たちと同居しているの。家をリフォームしてね」

「そうなんですか」

それで、娘から頼まれて、孫のものを買いに東京まで出てきたのか、と合点がいった。

「あなたは？　お一人？」

　質問を返された。

「一人です」

　紀美子は、短く返した。再婚はしていません、と答えるべきだったかもしれない。

「そう」

　互いの近況を語り合うと、話題はなくなった。それぞれアイスコーヒーを飲みながら、しばらく沈黙を続けたのちに、

「紀美子さん、あのときはごめんなさいね」

　と、澄枝が謝罪の言葉を口にした。

「そんな……いいんです」

　何のことですか？　などととぼける演技ができるほど紀美子は器用ではない。

「お義母さんもわたしも、あのときは喪失感が大きすぎて、普通の精神状態ではなかったのだと思います」

「ありがとう。そう言ってもらえると、少しは気持ちが軽くなるわ」

澄枝は、寂しそうに笑った。

――わたしもお義母さんも、愛しい人を失った、という点では同じ立場だったのに。

離れていたあいだに前期高齢者の年齢を超えて、後期高齢者まであと三年に迫った元姑の顔を見ながら、紀美子はそう思った。

九年前、紀美子は夫の夏輝《なつき》を失い、澄枝は息子の夏輝を失ったのだった。

2

「よくよく考えてみたんですが、やっぱり、玄関は別々にしてください」

依頼主の小山均《こやまひとし》が申しわけなさそうに切り出してきたとき、紀美子はさほど驚かなかった。想定内の変更だったからだ。

「わかりました。では、扇形の敷地をいかして、ご両親世帯の玄関を東側の道路に面したこのあたりに設けてはいかがでしょうか。もちろん、こちらにも手すりをおつけします」

紀美子は図面を指で示し、そう提案した。親世帯と子世帯にそれぞれ玄関を設けた場合の図面を、すでに頭の中で引いていた。

「それ、いいですね。やっぱり、玄関が別のほうがお互いにプライバシーが守られるし、気がねしないですみますしね」

小山均が言って、隣の妻と顔を見合わせて微笑んだ。

「あなたの帰りが遅いときや、子供たちが塾や習いごとで遅くなるときは、玄関のドアを開け閉めする音が気になるものね。お義母さまたちは早寝早起きだし、玄関はこれくらい離れていたほうがいいかもしれない」

小山均の妻は、暮らしぶりを思い描くように目を細めて言う。

「あの、玄関を別々にしよう、と言い出したのは、彼女ではなくて、おふくろのほうなんですよ」

小山均は、妻をかばうように言った。「妻は別に気にしなかったんですが、おふくろが『生活時間が違うし、やっぱり、玄関は別々にしましょう』ってね」

「わかります」とだけ紀美子は受けた。

二世帯住宅の設計を手がけるのは、これがはじめてではない。娘が実の両親と同じ敷地内の同じ屋根の下に住むケースも、息子が実の両親と住み、何かと嫁姑問題が騒がれるケースも、どちらも複数手がけている。

　現在、紀美子が担当しているのは、調布市に住む小山家の二世帯住宅である。小山均の両親はともに七十代で、父親に脳梗塞の後遺症があり、歩行が困難だという。小山均と妻のあいだには小学生の子供が二人いて、三世代の同居というわけだ。

　八十坪あまりの敷地に延べ床面積六十三坪の二階建ての家。一階は親世帯で、二階は子供世帯。都会ではぜいたくなほどの広さで、予算にも余裕がある、建築士としてはやりがいのある仕事だ。

「キッチンの隣にはユーティリティを設けてくれるんですよね」

　小山均の妻が身を乗り出してきた。新築の家に、アイロンがけをしたり料理本を広げたりするスペースを設けて、主婦のための家事コーナーを作るのが最近の流行《はや》りだ。日記をつけたり読書をしたりと、自分だけの空間を持つ楽しみが生まれる。

「ユーティリティの机なんですけど、こんなふうにしてくださいませんか？」

　小山均の妻は、紀美子に自分のスマホを差し出した。モデルルームの画像を検索したのだろう。打ち合わせのとき、昔はインテリア雑誌からお気に入りの家具や照明などの切り抜きを持参する顧客が多かったが、いまやほとんどがスマホで検索した画像を見せてくる。

「引き出しはどの位置にしましょう。キッチンに近いところがいいでしょうか、離れたところがいいでしょうか」

「そうねえ。できれば、両方に。収納スペースを増やしたいので」

「わかりました。では、壁面にも棚を設置してみてはどうでしょうか」

「壁に？」

「はい。写真や人形など奥さまのお気に入りのものを飾ることもできますし、一部を本棚にしてもいいかと思います」

「そんな細かな部分にまで目配りしてくださるなんて。やっぱり、女性の担当者でよかったわ」

女性同士の打ち合わせの様子を、小山均は満足そうに見ている。と、彼のスマホが鳴った。ちょっと失礼、と横を向いて電話に出た小山均が「あ……いま、ちょうど打ち合わせ中なんだよ」と、気まずそうな視線を妻と紀美子に送ってきた。

「……ああ、うん……いや、だから、そうしたんじゃないか。……何だよ、いまさら……」

小山均は席を立ち、女性二人に小さく会釈をすると、廊下へ出ていった。

「さっきの電話、お義母さんからですよ」

小山均の妻が紀美子に言って、ため息をついた。「たぶん、また、『やっぱり、もとに戻しましょう。玄関は一緒にしましょう』とか言ってきたんだわ」

「玄関の位置は、どうにでもなります。みなさんで充分話し合って、お決めくだされば。家を建てるというのは、一生の宝物を手に入れるようなものです。みなさんが納得されるまで、こちらはお待ちしますので」

二世帯住宅の設計にはトラブルがつきものだ。言い慣れたセリフを柔らかな口調で投げかけると、

「充分話し合っても、同じだと思います」

と、小山均の妻はふたたびため息をついた。「玄関をどうするかについては、もう充分話し合ったはずなんです。全員の意見が一致して、玄関は一つにすると決めたんです。お義母さんも承知しました。もちろん、お義父《と》さんも。わたしたちも子供たちも賛成しました。その上で設計をお願いして、後藤《ごとう》さんに図面を引いてもら

ったんですよ。それなのに、図面ができあがったあとで、『やっぱり、玄関は別々にしましょう』ですからね。お義母さんがそうしたいのなら、わたしはそれでもかまわないと思ったんです。それで、こちらにうかがって、後藤さんに別のプランを提示していただいた矢先に、お義母さんったらまた気が変わってしまって……」

「設計途中でプランが二転三転することは、珍しくありません。みなさんでじっくり考えてくださって結構ですよ」

彼女の興奮を鎮めるためにそう言うと、

「いつもそうなんです」

小山均の妻は、顔をしかめて言い募る。「お義母さん、わたしが本心では玄関を親世帯と別にしたいと思っているから、わたしの意を汲《く》んでそうした、と言ったんです。『そんなふうに思っていません』といくら否定しても、『いいのよ。遠慮して本音を隠さなくても』って……。そんなに言うのなら、『じゃあ、玄関は別々にしましょう』と譲歩したのに、『やっぱり、もとに戻しましょう』ですからね。それが、お義母さんの本音なんですよ。もっとも、お義母さんに言わせれば、『あなたの本音がわたしには透けて見えるのよ』となるんですけどね」

同居を始めたら、嫁姑のあいだでさらに諸々《もろもろ》の問題が生じるのだろう、と紀美子は想像した。

「『母の日』もそうでした」

小山均の妻は、思い出して怒りがぶり返したような表情でたたみかける。「カーネーションのようなお花がいいか、スカーフやエプロンなど身につけるものがいいか、贈り物に迷ったんです。お義母さんの意向をうかがってみたら、『花なんて枯れてしまうものより、ブラウスのほうが腐らなくていいわ』と言うので、お義母さんの好みのデザインと柄を聞いて、デパートに買いに行き、『好みでなかったら、取り替えてもらいますから』と言って、母の日にブラウスを渡しました。お義母さんは、そのときは喜んでくれたんです。それなのに、何日かあとで一緒に会食したとき、『やっぱり、母の日にはカーネーションよね』って……。その日、お義母さんはわたしが贈ったブラウスを着ていました。黄色い花柄のブラウスです。そして、『ねえ、これ、わたしには派手じゃない？』とみんなに聞いたんです。友人にそう言われたとかで。お義母さんは、結局、わがままを言って、わたしを困らせたいだけなんです。いいえ、困らせたいんです」

そう言い切って、小山均の妻が頬を紅潮させたとき、彼女の夫が戻ってきた。

「すみません。おふくろがまた『玄関は一つにしたい』って」

小山均がすまなそうに切り出すと、妻は〈ほらね〉と言いたげな視線を紀美子に送って、夫に聞かせるように大きなため息をついた。

「でも、いいんです、玄関は別々で。おふくろの意見を聞いていたらきりがない。永遠に家なんか建てられませんから」

「そうよ」

と、小山均の妻も怒気をこめた声で夫に賛同した。「お義母さんに振り回されるのは、もうたくさん。限界だわ」

「あ、ああ、そうだよな」

母親と妻の板挟みになって、小山均はおろおろしている。

「玄関は別々にするのが賢明な策かと思われます」

そこで、紀美子はきっぱりと進言した。「わたしの経験上申しあげるのですが、そのほうが親世帯と子世帯、しっくりいくケースが多いです」

「そうですよね」

小山均も妻も、同時に深くうなずいた。

「もし、また小山さんのお母さまがお迷いになられるようでしたら、担当者の後藤に強く勧められて決めた、いえ、押し切られた、とおっしゃってください」

ここは、設計担当の自分が悪者になる以外にない。

「よかったわ」

感極まったように言い、小山均の妻は紀美子の手を握る。「わたしも本音では、玄関は別々にしたかったんですよ。後藤さんが決めてくださって助かりました」

「ありがとうございます」

と、小山均もホッとしたような表情になり、紀美子に頭を下げた。

「では、細かな箇所の打ち合わせをしましょう」

ようやく先に進められる。紀美子も安堵して、机に広げた図面に目を落とした。

3

代々木上原の自宅に帰ったのは、午後九時過ぎだった。冷凍食品の餃子《ギョーザ》を焼いて皿に載せ、刻んだキャベツとプチトマトを添える。冷奴《ひややっこ》と味噌《みそ》をつけたキュウリを酒の肴《さかな》にして、冷えた缶ビールを開けてグラスに注ぐ。ひと口飲んで、ぷはあ、と息を吐くと、紀美子は自嘲ぎみに笑った。まるで居酒屋料理で、アラフィフの自分は、まるで「おやじ」だ。

夫の夏輝が亡くなり、一人暮らしになってから、以前にも増して仕事に打ち込むようになり、家事がおろそかになった。管理職に就いて残業が増えた分、料理に費やす時間も減った。

「明日は、月命日か」

壁のカレンダーを見て、紀美子はつぶやいた。

月命日には、夏樹の遺影の前に彼が好きだった缶ビールを供えると決めている。自宅マンションに仏壇はないが、リビングボードの上に、ボックスを組み合わせて作った洋風仏壇を置いて、花を欠かさないように心がけている。

「今日ね、九年ぶりにお義母さんに会って、少しだけお話ししたのよ」

紀美子は、グラスを片手に夏輝の遺影へと視線を送って、そう語りかけた。一人になってひとりごとが増えた。

「お義母さん、家をリフォームして、弥生さんたちと一緒に住んでいるんですって」

当然だが、返事はない。写真の中の夏輝は、笑顔を向けてくるだけだ。

「お義母さんと弥生さん夫婦と子供二人。あちらは五人で賑《にぎ》やかでしょうね。対して、わたしは一人ぼっち。もう慣れたけど、でも、やっぱり寂しいわ。ねえ、何か答えてよ。何かしゃべってよ」

一人芝居のように語りかけていたら、目頭が熱くなった。ひとしきり泣いてから、きっと顔を上げる。これもいつものことだ。

食事を終えて風呂に入ると、薄く作ったウィスキーの水割りを持って、パジャマ姿で居間のソファでくつろぐ。これも、休日前の習慣になっている。テレビをつけて録画しておいたドラマを観ることもあれば、レンタルしたＤＶＤを鑑賞することもある。

だが、この夜は、月命日を前に、ひたすら過去の思い出に浸りたかった。思いがけなく夏輝の母に再会して、封印したはずの過去が解き放たれてしまったようだ。

紀美子は、五人で暮らしているという義母——橘澄枝の千葉県Ｎ市の現在の家を想像してみた。

澄枝の夫は、夏輝が亡くなる五年前に病気で他界している。夫の死後、澄枝は木造二階建ての古い家で一人暮らしをしていた。そこを娘の家族と同居するためにリフォームしたのだという。

——実の娘の家族と住んでいるのだから、気遣いの不要な快適な暮らしぶりなのだろう。

二世帯住宅を新築するにあたって嫁姑のあいだで問題を抱える小山家のケースを思い出して、紀美子はそう思った。が、直後に、わずかに違和感を覚えた。澄枝が「わたしは元気よ」と答えたとき、彼女の顔がこわばって見えたが、あれは気のせいだったのだろうか。澄枝は、大きな紙袋を二つ持っていた。弥生に頼まれて、孫のものを買いに出たのだという。自分の買い物ではなかったということだ。おしゃれが好きな澄枝だったが、あのとき着ていた服も新しいものに見えず、カーディガンの襟ぐりと袖口は伸びていたように思う。

——使い走りのようなことをさせられているのではないか。

そんな考えもちらりと頭をよぎったが、まさかね、と即座に打ち消した。

澄枝と弥生。母娘《ははこ》の仲は悪くはなかった。澄枝にとっては息子。弥生にとっては兄。愛しい存在を突然奪われて、悲嘆に暮れていた二人の姿を覚えている。仲がよかったからこそ、夏輝の遺《のこ》した財産を巡って、相続のときに母と娘で意見が一致したのだろう。

「紀美子さん、まるで兄の死を予見していたみたいね」

葬儀のあと、弥生が放った言葉が鼓膜に張りついている。

紀美子と夏輝は、大学時代の同期だった。卒業後、別々の会社に就職してからも、友人としてときには複数の仲間と、ときには二人だけで会う機会を作ってきた。話題は仕事のことばかりだった。

三十歳を過ぎても、紀美子の中に身を固めるという意識は生まれなかった。郷里の福岡には、二十歳そこそこで中学校の同級生と結婚した妹が実家のそばに住んでおり、子供が四人もいる。四人の孫に囲まれて幸せそうな両親の姿を、紀美子は帰省のたびに目にしてきた。

――わたしが両親に与えてあげられなかったものを、妹がかわりに与えてくれた。

紀美子は、それで満足感を得ていた。わたしは、結婚や出産といった一般的に女の幸せと呼ばれるものと無縁でいいのだ、と思えた。

だから、ずっと友達関係のままでいいとみなしていた夏輝から「一緒に住もう」と言われたときも、「住まいは一つにしても、籍は入れないでいいよね」と返したのだった。夏輝は父親を亡くした直後で、何かしら心境の変化があったのだろう。

それでも、いちおう双方の家族には一緒に住むことを報告した。紀美子の両親はすんなり受け入れてくれたが、夏輝の家族は違った。

「それって、まるで同棲《どうせい》じゃないの?」

報告を受けるなり、まず弥生が頓狂な声を上げた。

「籍を入れないの? 夫婦別姓? 事実婚ってことなの?」

眉をひそめた澄枝が聞いたのにかぶせるように、「子供が生まれたらどうするの?」と弥生が聞いた。

「二人で話し合って、子供は持たないことにしたんだ」

そう答えたのは夏輝だったのに、弥生の感情の矛先は紀美子に向けられた。

「子供がほしくないって、紀美子さんの考えなんでしょう?」

「さっき言ったように、二人で決めたんだ」

「まあ、いろんな夫婦の形があるから、二人とも納得しているならそれでもいいけど」

　重たい口ぶりながらも、澄枝はいちおう認めてくれたのだったが、弥生は不満げな顔をしていた……。

　婚姻届を出していようといまいと、一緒に暮らしていく上で何ら変わりはないように思えた。ところが、事実婚生活をスタートさせて三年たったころ、「やっぱり、籍を入れようか」と、夏輝に切り出された。

　彼の心境の変化が気になって問うと、夏輝は、自分たちと同様に別姓婚を続けてきた会社の先輩の話をしてくれた。先輩が体調を崩して入院し、手術が必要となったとき、籍が入っていないことでパートナーを正式な妻と認めてもらうのに時間がかかったという。

「そうね。婚姻届を出しても、会社では旧姓のままで通せるわ」

紀美子は、夏輝の提案を受け入れて、戸籍上は「橘紀美子」になったのだった。

しかし、それからほんの二か月後に、夏輝は出張先の札幌で亡くなった。

自動車メーカーでカーデザインの仕事に携わっていた夏輝は、札幌まで打ち合わせに行き、仕事を終えてホテルに帰ったところで心臓発作を起こした。ロビーに倒れ込んだ夏輝を見て、ホテルの従業員が救急車を呼び、病院に搬送されたが、連絡を受けた紀美子が飛行機で駆けつける前に息を引き取った。死因は心筋梗塞だった。健康診断は定期的に受けていたから、突然死としか考えられない。不運だったと諦めるしかなく、心底、神や仏を恨んだものだった。

「何で死んじゃったのよ」

紀美子は、夏輝の遺影に向かって語りかけると、「バカ」とすねた口調で言い添えた。心の中で、口に出して、もう何度同じ言葉を吐いたかわからない。「何で死んじゃったのよ」とつぶやいているうちに、気がついたら、ソファで寝入っていた。

4

月命日の朝、手作りの仏壇に缶ビールを供えて手を合わせてから、紀美子は車を出した。夏輝が眠る橘家の墓は、彼の実家近くの寺にある。橘家とは縁を切っている。弥生や澄枝と顔を合わせたくなくて、命日以外足を向けないようにしていた。

墓参りのかわりに、月に一度訪れる場所があった。栃木県O市のはずれの農村地帯の一画。そこの二百六十坪の土地が、夏輝が紀美子に遺してくれたほぼ唯一のものだった。

夏輝の父親が亡くなったあと、夏輝と澄枝と弥生、三人の相続人のあいだで遺産分割協議の場が設けられた。妻である澄枝には家が遺されたが、弥生は兄の夏輝に対して、「わたしには手のかかる子供が二人いるのよ。二束三文の田舎の土地なんかもらってもどうしようもない。現金がほしいわ」と、臆面もなく主張したという。とくに何を要求しようとも考えていなかった夏輝は、妹の主張に従った。その結果、遺産として父親が生前購入した土地を相続した形になった。

「定年退職後に、親父は田舎に移住して畑を耕して暮らしたかったんだろう。それで、栃木に土地を買っておいた。ところが、実現させる前に死んでしまった。一人になったおふくろには無用な土地だよな。おふくろは家があるし、親父の遺族年金で何とか暮らしていける。あの土地は、親父を偲ぶためにしばらくそのままにしておこうと思う」

生前、夏輝が語っていた言葉を紀美子は覚えている。

父親から息子へ、息子からその妻へと受け継がれた土地は、現在は、近くの住人何人かに家庭菜園の場として貸している。紀美子も所有している土地の一画を花壇にしていた。

近くに車を停めて、夏輝から相続した土地に足を踏み入れた。畑仕事をしていた麦わら帽子をかぶった年配の男性が、紀美子を見て会釈をした。紀美子も会釈を返す。

ピンク色の可憐《かれん》な花が咲いている。ナデシコだ。ホタルブクロも咲いている。種を蒔《ま》いたわけではなく、自然に咲いた野の花だ。持っていった軍手をはめて周囲の雑草を抜き、水やりをした。毎回、ペットボトルの水も数本持参する。

そこにビニールシートを敷いて、のどかなひとときを過ごす。野鳥のさえずりを耳にしながら、自然を愛した夏輝の魂を近くに感じる。それが、紀美子にとっての「墓参り」だった。

しかし、今日は、雑念が入り込んだ。やはり、先日の澄枝との再会が深く根を下ろしているらしい。

「紀美子さん、まるで兄の死を予見していたみたいね」

ふたたび、たっぷり皮肉を含んだ弥生の言葉がよみがえる。「だって、そうでしょう？　入籍しない、夫婦別姓のままでいい、なんて言って、実はつい最近婚姻届を出していたなんて、おかしいじゃないの。紀美子さんが兄に『不安定なままじゃいや。籍を入れてほしい』って迫ったんでしょう？」

「違うわ。それは、夏輝さんのほうから……」

「兄が死んだあとのことまで考えて、正式に妻にして、って頼んだんじゃないの？　遺産相続の件も視野に入れて」

「そんな……」

紀美子は、絶句した。弥生は、一人きりのきょうだいを失った悲しみや無念さをどこかにぶつけずにはいられなかったのだろう。悲しみが怒りに形を変えて、兄の妻である自分に向けられたことはわかっていた。

「子供がいない夫婦の場合は、配偶者が三分の二、直系尊属が三分の一、遺産を相続する権利があるのよ」

声を失っている紀美子に、弥生は、場違いにも遺産相続の件を持ち出してきた。

「つまり、わたしの母にも兄の財産の三分の一を相続する権利がある、って意味だけど」

「それは、承知しているわ」

相続の件で争おうとは露も思っていなかった。

「じゃあ、兄の財産をリストアップしてくれない？　代々木上原のマンションに銀行預金に、それから、二束三文の田舎の土地もあったけど、そんなのはどうでもいいわ」

「マンションは、夏輝さんとわたしの共有名義よ」

「二つに分けてもらいたいくらいだけど、まあ、それもいいわ。紀美子さんには、兄の生命保険金が入ったからそれで充分でしょう？」

子供のいない夫婦である。互いに掛け合っている生命保険はあったが、受取人は配偶者で財産分与の遺産には該当しない。

「とにかく、兄の銀行預金を全額母に譲ってほしいの。だって、そっちは結婚生活たったの二か月。同棲生活を含めてもたかが七年間でしょう？　対して、わたしと母は、兄とは三十年以上のつき合いなのよ」

おかしな理屈だとは思ったが、紀美子は、言い返さないかわりに「お義母さんは何とおっしゃっているの？」と聞いた。

「母もわたしと同じ考えよ」

弥生は、睨《にら》むような目をして即答し、言葉を重ねた。「大体、兄は無理をしすぎたのよ。優秀な紀美子さんに負けまいとして、仕事をがんばりすぎたんじゃない？それで、ストレスがたまって心臓に負担がかかったのよ」

自分が夏輝の死の遠因とされている。弥生の言葉にショックを受け、傷ついた紀美子は、弥生に言われるままに夏輝の預金をすべて澄枝に渡した。そして、弥生が持ってきた「姻族関係終了届」を受け取ると、彼女の目の前で必要事項を記入した。

それで、紀美子の心の中では橘家との縁は切れたはずだった。

しかし、橘夏輝との縁は永遠に切れない。目をつぶって夏輝と内心で会話をしていると、

「すみません」と、背後から女性の声がかかった。

顔を上げると、スーツ姿の女性が立っている。

「失礼ですが、こちらの土地の所有者の方でしょうか。さっき、畑仕事をされている男性からうかがいました」

「そうです」

「お話があります」

こういう者ですが、と続けて、女性は紀美子に名刺を差し出した。

5

表で車が停まる音がして、澄枝はハッと目を覚ました。ついうとうとしてしまったようだ。

娘夫婦が外出先から帰ってきた。重い腰を上げて部屋を出ると、廊下からサンルームに入る。ここ数日、腰が痛くてたまらない。

「お母さん、いまごろ取り込んでるの？　服がパリパリになっちゃうじゃない」

腰を手で叩きながら洗濯物を取り込んでいると、帰宅した弥生が口を尖らせて文句を言った。その手にはケーキ店の袋が提げられている。

「ちょっと忘れてて」

「長い昼寝でもしてたの？」

「お義母さん、昼寝しすぎると夜眠れなくなりますよ」

弥生の夫も、隣で笑いながら妻の皮肉につき合う。

澄枝は、背筋がぞっとした。

「ねえ、ケーキがあるわよ」

弥生が二階にいる子供たちを呼んだ。それぞれ個室にいた二人の孫が、バタバタと階段を駆け下りてくる。

洗濯物を取り込んでたたみ終えると、自分のものをのぞいて指定の場所に置き、澄枝は自室に戻った。自分の分のケーキがないのはわかっていた。古希を迎えたときの血液検査で血糖値が高いのを知った弥生に、「お母さん、もうケーキや大福はダメ」と、甘いものを固く禁止されてしまったのだ。

廊下の先の六畳間が澄枝の個室で、板の間のミニキッチンがついている。家を建てるときに「お母さん、昔、お茶を習っていたでしょう？　水屋をつけてあげるよ」と弥生に言われ、母親用にこぢんまりとしたしゃれた離れを設計してくれるものと期待していたのだが、できあがったのは、板の間に流しと電気コンロが設置されただけの貧相な台所つきの、小さい窓が一つきりの殺風景な部屋だった。

その貧相な台所で湯を沸かすと、澄枝はコーヒーをいれた。わずかなおやつ代で買ったクッキーをつまみながら、娘の家族から隔離された狭い部屋で一人でコーヒーを飲んでいると、情けなくて涙が出てきた。

九年ぶりに再会した紀美子に「わたしは元気よ」と言ったが、あれはうそだった。ちっとも元気ではない。

——どうして、こんなみじめな生活に陥ってしまったのだろう。

澄枝は、息子が亡くなった直後の気が動転した日々を顧みた。紀美子にも言われたが、あのときは喪失感が大きすぎて、普通の精神状態ではなかったのだろう。物事を深く考えるだけの余裕がなかった。弥生に「お母さんにも遺産相続の権利があるのよ」と強い口調で言われ、「わたしが代理で紀美子さんと交渉してあげる」という言葉についうなずいた。

「まとまった現金が入れば、それで古い家をきれいにリフォームできますよ」

人あたりのいい営業職の娘婿にそう勧められて、迷っていたら、

「そうよ、お母さん、わたしたちと一緒に住もうよ。お母さんが老後を穏やかに過ごせる部屋も新しく作るから。同じ屋根の下にいたら安心でしょう？　年をとって

病院通いが始まっても、車で送迎できるし、家で介護もしてあげられるわ」

弥生のおいしい言葉につられて、「そうね、そうしましょう」と応じてしまった。ところが、相続した遺産に加えて自分の預貯金を全額リフォーム代金として渡し、家が完成した途端、弥生と娘婿にてのひらを返された。

「お母さん、わたしたちは共働き夫婦なのよ。お母さんはずっと家にいるんだから、炊事、洗濯、掃除と家事をお願いね。それから、家計費も入れてもらわないと。旦那の給料は上がらないし、わたしもパートに毛が生えた程度だから。子供たちの塾代や習いごとにもお金がかかって、いくらあっても足りないのよ」

と泣きつかれ、遺族年金も娘夫婦に管理されてしまった。

月々渡されるのは、わずかなこづかいだけで、何か買いたいときは申し出ないとならない。

屈辱的な生活に耐えられずに、弥生が仕事で出ていた日、休みで家にいた娘婿に「いくら何でもひどいんじゃない？　これじゃまるで、わたしは家政婦だわ。あなたから弥生に言ってちょうだい」と頼んだら、いつもは温厚な表情の彼がにわかに鬼のような形相に豹変《ひょうへん》して、「うるせえんだよ！　家政婦で充分だろ！」と怒鳴ったので、澄枝は身体がすくんでしまった。

恐ろしい本性を知って以来、娘婿のうわべだけの笑顔を見ると全身に鳥肌が立つようになった。

上は女の子で下は男の子。二人の孫も小さいころは「おばあちゃん、おばあちゃん」となついてかわいかったが、成長するにつれ、家庭内の力関係を敏感に感じ取るようになり、両親同様に自分たちも祖母に対して邪険に接するようになっていった。思春期には交友関係からくるストレスを、受験期には思うように成績が上がらないことからくるストレスを澄枝にぶつけてきた。

そして、現在は、下の男の子が受験期にあたっているというわけだ。先日も弥生に頼まれて、下の子のものを東京まで買いに出かけたが、パーカーは指定されたとおりのブランドだったものの、スニーカーのブランドが違うと言われ、「取り替えてこい」と、本人に不機嫌な声で命じられた。孫に命令されるなんて情けない。弥生に訴えたら、「お母さん、わかるでしょう？　あの子は微妙な時期なのよ。我慢してよ。受験勉強で忙しいから、いちばん暇なお母さんが行くしかないじゃない。わたしたちは仕事だし」と、顔の前で手を合わせられた。

　その日の夕飯も澄枝が用意した。大学生の孫娘は友達と会う予定があると言って出かけ、高校生の孫息子は「あとで食べる」と部屋から出てこず、娘夫婦と顔を突き合わせるのを苦痛に感じた澄枝は、お盆に自分の食事を載せると自室に運んだ。弥生も娘婿も「一緒に食べよう」と言ってはくれなかった。

　小型テレビを観ながらの砂をかむような食事を終えて、食器を戻しに母屋へ行くと、居間から弥生と娘婿の会話が流れてきて、澄枝は廊下で足を止めた。

「お母さん、最近、物忘れや間違いが増えたと思わない？　洗濯物を取り込むのを忘れたし、このあいだだって、スニーカーのブランドを間違えたり、あれとこれを買っておいてって頼んでも、必ず一つは買い忘れたりするし。それに、おつりを見たら、六百円くらい足りなかったの。あの日は帰りも遅かったし、どこかで道草でも食っていたのかしら」

「認知症が始まったのかもな」

「困るわ、そんなの。いまお母さんにボケられたり、倒れられたりしたら」

「ホントだよな」

「そうなったら、うちのお母さん、ただのお荷物よね、まったく」

「お荷物？　娘のおまえがそんな言い方していいのか？」

ハハハ、と娘婿が笑い、「だって、お荷物だもの」と、娘がまた繰り返して笑う。

澄枝は、めまいを覚えた。地獄の血の池に突き落とされて、そこでも溺れかかってもがいているような気分だった。

――もうこんな家にはいられない。

澄枝は部屋に戻ると、短い手紙を書いた。

そして、朝になって娘夫婦が出勤し、上の子が大学に行き、下の子が高校に登校するのを待った。

一人になると手紙を居間のテーブルに置いて、澄枝は家を出た。

6

「そうだったんですか」

澄枝の話を聞き終えると、紀美子は深々とため息をついた。わたしの勘はあたっていた、と思った。先日会ったときの澄枝の身なりや言動から、幸せそうな暮らしぶりではないな、と直感したのだった。どこかすさんだ雰囲気が漂っていた。

珍しく定時退社で帰宅した紀美子は、マンションのエントランス前に佇んでいる澄枝を見つけて驚いた。「家を出てきたの」と言われて、さらに驚いたが、家出のわりにはバッグのほかに何も荷物を持っていない。心配になって、とりあえずは部屋に招じ入れたのだった。

「こんな話、恥ずかしくて誰にもできなくて。いい年をした女が、娘や娘婿、孫たちに虐待されているなんてね」

澄枝は、目を伏せて諦めたように首を左右に振っていたが、何か思い出したように顔を上げた。「紀美子さんに迷惑をかけるつもりはないの。ここに来たのは、出直す前にあなたにきちんと謝罪しておきたかったから。わたし、本当は、夏輝の遺したお金なんか一銭もほしくはなかったの。だけど、お金があったら、家をきれいに直して、娘や孫たちと一緒に楽しく暮らせると思ったから。娘たちの言葉を信じたばかりに……」

「出直すって、お義母さんはどこかで一人暮らしを始めるつもりなんですか？」

「ええ、そうよ」

澄枝はうなずいた。弥生にあてた書き置きには、「家を出ます。心配しないでください。捜さないでください」と書いたという。

「あてはあるんですか?」

「ないわ。でも、大丈夫。ずっと専業主婦できたから、どこか住み込みの社員寮でも見つけるから。家政婦紹介所に登録してもいいしね。だから、紀美子さんには住むところの保証人になってほしいの」

明るく答えようとしても、口元のこわばりは隠せない。

「ここに一緒に住みませんか?」

「えっ?」

「夏輝さんが使っていた部屋が空いています」

「だって、紀美子さん、そんな……」

「お母さんがうちにいてくれたら、心強いです。わたし、いまは家事はまるで手抜きなんで。たまにまともな料理を作ってくれるだけでも、すごく助かります」

「でも、いいの? 本当にいいの?」

大きく見開かれた澄枝の両目から涙がこぼれた。

7

澄枝が家に戻ったのは、書き置きを残して家を出てから五日後だった。

「お母さん、どこへ行ってたの？　心配してたのよ」

「お義母さん、どうしたんですか？　警察に捜索願を出そうか、って話にまでなっていたんですよ」

弥生も娘婿も戻ってきた澄枝を見て声を荒らげたが、澄枝が涼しい顔をしているのに気づいて、拍子抜けしたような表情に変わった。

「とにかく休ませてくれない？　歩き疲れたから。話はそれからよ」

澄枝は居間に入ると、台所に近い自分の席に着いた。

「まったく人騒がせなんだから」

平然と自席に座った母親を見て、弥生が呆れたように言い募る。「行くあてなんてないから、遅かれ早かれ戻ってくるとは予想していたんだけどね」

「何が不満なんですか？　家があって、自分の部屋があって、外に出てあくせく働かなくてもいい。お義母さんにとって、天国のような恵まれた生活じゃないですか」

何年も澄枝を家政婦扱いし続けてきた娘婿も、あふれんばかりの笑みを浮かべて言う。が、その目は決して笑っていない。

「話があるの」

と、澄枝は切り出した。「わたし、やっぱり、ここを出ていくことにしたから」

「ここを出て、どこへ行くの？」

そう問う弥生の目に、鋭い光が宿った。

「娘のところよ」

「娘？　娘って……わたしじゃないの」

弥生が人差し指を自分の鼻の頭にあてて言い、夫と怪訝《けげん》そうに顔を見合わせた。

二人ともついに認知症が始まったか、とでも言いたげな表情だ。

「もう一人いるわ」と、澄枝は答えた。

「誰ですか？」と、今度は娘婿が問う。

そこで、玄関チャイムが鳴った。

「娘が来たわ」

澄枝は、廊下へと顔を振り向けた。

「鍵が開いていたから、勝手に中に入りました」

そう言いながら居間に現れたのは、紀美子だった。

「紀美子さん、だって、あなたは……」

突然現れたかつての義姉を見て、弥生は眉をひそめた。「うちとの縁を切ったんじゃなかったの？　九年前、兄が死んだときに」

「弥生さんが持ってきた『姻族関係終了届』に記入はしました。でも、役所には提出しなかったんです。復氏届も出していないから、わたしはいまも戸籍上は橘紀美子で、お義母さんとは姻族関係にあるんです」

結婚により生じた夫の親族とのあいだの姻族関係は、夫の死後、配偶者が役所の戸籍係に「姻族関係終了届」を提出すれば、終了させることができる。紀美子は、その手続きを行わなかったのだ。

「でも、だからって……」

弥生は、わけがわからないというふうにうろたえている。

「それでね、わたし、紀美子さんを正式にわたしの娘にすることに決めたの。つまり、養子縁組をしたってわけ。遺産の問題も考慮して息子の妻を養子にするのは、世間では珍しいことじゃないのよ」

澄枝は、弥生と娘婿を交互に見て教えてやった。

「今後は、わたしが橘澄枝さんと一緒に暮らします。わたしの養母になってくれたのですから」

紀美子は、そう宣言した。

「そういうことなの。だから、わたしの年金ももうあなたたちに管理してもらわなくて結構よ。それから、わかっていると思うけど、この家の名義は、まだわたしのままだから」

呆気にとられたのか、弥生と娘婿は言葉を失っている。

「それから、もう一つ、伝えることがあるわ。ねえ、紀美子さん」

澄枝は、紀美子に視線を投げて微笑み合ってから、言葉を紡いだ。「夏輝がお父さんから相続した栃木の土地。弥生の言うとおり二束三文の土地だったけど、あそこに大きな道路が通る計画が持ち上がったの。それで用地買収の動きが起きて、このたびめでたく買い手がついたのよ。予想以上に高く売れそうなの。ねえ、紀美子さん」

「そういうことですから」

紀美子が言って、「さあ、お母さん、一緒に二人の家へ行きましょう」と、澄枝の手を取った。

第六話　罪の比重

1

我に返った瞬間、脳裏に浮かんだ言葉は「死刑」だった。

人を殺してしまったのだから、わたしが犯した罪は「殺人罪」で、その罪に相当する罰は「死刑」と、単純に連想してしまったのかもしれない。

高ぶった感情を抑える術《すべ》は、会得していたつもりだった。激情に駆られて、口の中に苦い液体がたまったときは、一度大きく深呼吸して、十秒数えること。そうどこかに書いてあった。だから、そう試してみた。深く息を吸って吐いてから、一、二、三……と、十まで数えた。

けれども、だめだった。数えているあいだに、激情がさらに増して、胸がはち切れそうなほどに膨らみ、痛んだ。それが爆発したとき、近くにあったブロンズの置物を彼の後頭部めがけて振り下ろした。彼がこちらに背中を向けて、隙を見せたほんの一瞬の間だった。

不意をつかれて倒れた彼の頭に、何度もそれを振り下ろした。飛び散った血がわたしの目に入り込み、思わず目をつぶった。

——もう死んでいる。

わかっていても、腕の動きを止めることはできなかった。

自分より体格で圧倒的に勝る相手が息を吹き返すかもしれない、という恐怖に襲われて、しつこく何度もとどめを刺す。そして、結果的に酷たらしく惨殺した凶悪な犯人像になる。殺人を犯したか弱いとされる女性の心理と殺害現場を、そんなふうに分析した心理学者がいたが、本当にそのとおりかもしれない、と殺人犯の立場になってみて実感した。

——警察に電話しなければ。

「人を殺してしまいました」という言葉を頭の中で繰り返しながら、１１０の数字を順に目で追っているうちに、ふと指が止まった。

2

縁側から庭を見つめる聡子《さとこ》の背中が、ひと回り小さくなった気がした。空に向かって四方八方に枝を突き伸ばした百日紅《さるすべり》が、燃えるように赤い花をいくつも咲かせている。

「お母さん、庭じまいって言葉、知ってる?」

美香《みか》は、その背中に声をかけた。

「庭じまい?」

聡子が振り向き、眉をひそめる。

「人生の終活の一種で、庭の終活のことよ。ほら、墓じまいをするように、年をとって手入れが大変になった庭を整理するの。百日紅の花はきれいだけど、咲き終わると葉っぱがいっぱい散るでしょう? 落ち葉の掃除もひと苦労じゃない? だから、いっそのこと、きれいさっぱり伐採してもらうのよ」

「ああ、そうだねえ」

聡子は首をかしげながら、「でも、まあ、順番どおりにまずは家の中の整理からしないとね」と言った。

聡子の宇都宮の実家では、三か月前に一人暮らしをしていた祖母の史子《ふみこ》が亡くなり、葬儀のあと、一人娘の聡子が実家の片づけに何度か訪れていた。親戚とは疎遠になり、この家を継ぐ者は聡子のあとは美香しかいない。それが、美香には重荷だった。弟の恒彦《つねひこ》は大学で知り合った留学生と国際結婚して、妻の郷里のニュージーランドに移住し、彼女の実家の家業である牧場経営を手伝っており、完全に婿入りした形だ。

聡子は運転免許を持っていないので、休みのたびに、美香が車を運転して上尾《あげお》から宇都宮に通い、片づけで出た粗大ゴミなどを処理場に搬入している。

今日も休日を利用して、史子の遺品の整理をしに聡子を車に乗せてやってきた。奥の和室にあった簞笥《たんす》から古い着物や洋服などを引っ張り出して、燃えるゴミ用の袋に詰めたのだが、またたくまに袋は五つにもなった。額に汗を浮かべた聡子を見て、「お母さん、少し休もうか」と声をかけて、お茶の用意をしたところだった。

縁側でひと休みしていた聡子の後ろ姿がひどく寂しく見えて、美香は気になった。

「お母さんの好きなダージリンティー、いれたから。カステラもあるわ」

「ありがとう」

居間のテーブルに着いて紅茶をひと口飲むと、「あのね、美香」と、聡子はおもむろに切り出した。「わたし、ここに住もうと思うの」

「えっ？」

まったく念頭になかったことだったので、美香は言葉に詰まった。

「上尾からここに引っ越そうと思うの」

聡子は、そう言い換えた。「あなたはどうする？　ここで一緒に暮らしてもいいけど。仕事はリモートでもできるんでしょう？」

「ああ、うん、そうだけど……」

美香は、言いよどんだ。包装紙や紙袋など各種パッケージ用品を製作し、販売する会社でデザインを担当している美香は、現在は週に一度、東京の本社に出勤するだけで、残りの日は自宅でテレワークをしている。しかし、宇都宮からの出勤となれば、だいぶ遠くなるし、第一、引っ越す手間が面倒だ。

「お母さんはどうするの？　いまの仕事は？」

今年六十二歳になる聡子は、中学校の教職を退いてから、学習塾で週に三日子供たちに国語を教えている。

「こっちにも同じ系列の塾があるから、探してみるけど、しばらくはゆっくりするわ。ほら、片づけに時間がかかりそうだから」

「そう」

「いいのよ、無理してわたしに合わせなくても」

聡子が言い、微笑んだ。「あなたもそろそろ、一人暮らししてもいい時期だしね」

——もう三十四歳になるんだから、誰かいい人を見つけないと。

母の口からそういう類の言葉が続かなくて、美香はホッとした。子供の個性を尊重して、好きなように生きなさい、とのびのびと育ててくれた進歩的で寛容な母親だった。だから、恒彦も迷わず異国の人と結婚して、異国の地に仕事を求める道を選んだのだ。そんな息子の国際結婚に、聡子は諸手《もろて》を挙げて賛成した。それだけに、自分が生まれ育った宇都宮の実家で老後を過ごそうとする古風な姿勢に、美香は違和感を覚えてしまう。

「おじいちゃんの問題が絡んでいるから？」

遠慮がちに尋ねてみる。

聡子の父親、すなわち史子の夫は、聡子が高校一年生のときに家を出たきり、行方不明になっている。家を出た半年後、大阪から電話があったというが、それ以来音信不通である。

「おじいちゃんが帰ってくるかもしれないから、この家で待っていたいの？」

黙っている聡子に苛立ちを覚えて、口調が尖った。そのおじいちゃん——聡子の父親である谷本謙造《たにもとけんぞう》に、もちろん、美香は会ったことがない。

「おじいちゃんは、愛人をつくって家庭を捨てたんでしょう？　そんな不誠実で無責任きわまりない男と、おばあちゃんは離婚したんじゃないの」

行方不明状態の夫とも、法律上は離婚できる。

造船会社に勤務していた謙造は、大阪出張で知り合った現地の女性と懇意になり、家庭を顧みなくなった。

家に寄りつかなくなって半年たったころ、大阪の謙造から「おまえと聡子にはすまないと思っている」と電話があったという。その電話一本で、家族との縁を切った形になった。その後、相手の女性から「謙造さん、そちらに行ってませんか？」

と電話があったが、「いえ、来ていません」と史子が答えて、ガチャンと電話を切った光景を記憶している、とのちに聡子は美香に語った。

「お父さんは谷本家に婿養子に入ったから、お母さんの実家で何かと肩身が狭い思いをしていたのかもしれないわね。当時は祖父母もまだ家にいたし。それで、大阪で知り合った女性に急激に惹《ひ》かれてしまったのかも」

と、聡子なりに父親を擁護していたのを美香は覚えている。

大阪の女性からその後も、「謙造さんが戻ってきません。どこへ行ってしまったのでしょう」と手紙がきて、謙造が行方不明であることが判明したのだった。

――配偶者の生死が三年以上明らかでないとき、裁判所に離婚の訴を提起することができる。生死不明は、生存の証明も死亡の証明も持たないことをいう。したがって、所在が不明であっても生存が推定される場合には、生死不明とは言わない。三年の起算点は、通常の場合は、最後に音信があったときである。

最後の電話があってから三年後、民法第七百七十条が適用されて、史子は離婚する決意を固めて実行に移した。

「おじいちゃんが生きていたら八十七歳でしょう？　男性の平均寿命を超えている

んだし、もう生きていないと思うよ」

冷たい言い方だとは思ったが、美香はさらに突きつけた。

民法第三十条では、行方不明者の生死が七年間明らかでない場合、配偶者が申し出れば、家庭裁判所は失踪の宣告をすることができる、とされている。謙造との離婚が成立した四年後、史子はそうした手続きを行った。

独立行政法人の国立印刷局が編集し、内閣府が発行している『官報』に掲載される「行旅《こうりょ》死亡人」のリストを定期的に閲覧して、身元不明で死亡した人の情報を手がかりに謙造を探す努力もしたが、身元不明遺体の中に謙造と思われるものはなかったという。

「お母さんがここで待っていても無駄だと思う。この家は古いし、駅から遠くて不便だから、思いきって処分してもいいんじゃない？」

美香は、前々から考えていた提案をした。無駄に広い庭のある古い木造二階建ての家である。買い手が現れなければ、不動産会社に売って更地にしてもらってもいい。

「わたしだって、お母さんを苦しめたお父さんのことを許したわけじゃない。美香が言うように、お父さんは、もう死んでいるかもしれない。そう、戸籍の上では死んだと見なされている。でも、わたしはこの家を捨てられない。それが、わたしの人生のけじめのつけ方だから」

毅然《きぜん》とした口調で返されて、美香は息を呑んだ。母親の目が強い光を帯びている。

「わたしにはわたしの終活の仕方があるの」

最後にそう言い添えて、聡子は口元を引き締めた。

美香は、もう何も言い返せずにいた。自分のことを娘の前で「お母さん」とは言わず、「わたし」という一人称を貫き通してきた聡子である。それだけ自己主張が激しく、自立心が旺盛で、強靱《きょうじん》な意志の持ち主なのだ。

愛人をつくった謙造が家を出てから、史子は一人で聡子を育てた。周囲から「父親に捨てられたかわいそうな子」と同情されるのが屈辱的で、聡子は、それらをはねのけるように懸命に勉学に励んだ。その努力が実って、奨学金を受けて埼玉県内の大学に行き、その地で念願の教職に就いた。そして、二歳上の同業の教師、克彦《かつひこ》と結婚し、二人の子をもうけた。それが美香と恒彦だった。

ところが、克彦が定年退職まであと一年というときに病魔に襲われた。定年後の第二の人生について、妻の聡子にあれこれ夢を語っていたときだった。克彦は、半年の闘病ののちに亡くなった。

伴侶を失った聡子は、しばらくは悲しみに暮れていたが、四十九日を過ぎるときっと顔を上げ、「わたしには、まだまだやることがある。前向きに生きないと」と言い、笑顔を保ちながら家事に仕事に邁進し始めた。

父親に捨てられても、伴侶に死なれても、たくましく生き抜いてきた母親を、美香は尊敬のまなざしで見ている。そして、聡子もまた、夫に裏切られながらも女手一つで自分を必死に育ててくれた母親、史子を尊敬し、心の底から感謝しているのだろう。

そんな史子が八十六歳の生涯を終えるまで住んだこの家を、聡子は手放せずにいるに違いない。

美香は、そう思った。

3

実家に泊まって翌日も片づけを続けるという聡子を残して、美香は上尾の自宅に帰った。美香が生まれる前に、両親がともに教師をしながら貯めた蓄えで手付金を払い、ローンを組んで購入した建売住宅である。カーポートの隣に縄跳びができるくらいの広さの庭がついている。聡子の実家の庭に比べたら、「猫の額」と称されるほどの狭さだが、維持管理するにはちょうどよい広さだ。ここで生まれ育ったのだから、美香にとっては「実家」で、愛着はある。離れたくはない。

聡子が宇都宮に引っ越すとなれば、いずれ母親の荷物をまとめる手伝いをしなければいけない。読書好きの聡子は蔵書が多く、死んだ父親のものも含めて、それらの蔵書をどうすればいいのか。想像するほどに頭が痛い。

人間一人生きてきて、どれだけのものをためこむか。それらの処分にどれだけの労力を費やすか。祖母の遺品整理に何度か通ってみて、美香は痛感した。

――わたしもいずれ……。

何十年も先の将来を想像した瞬間、「あの指輪、どうしよう」と、美香は無意識につぶやいていた。

自分の死後、遺品の中からあの指輪を誰かが見つけたらどうしよう。ふとそう考えて、背筋が寒くなったのだ。

自分のものではない指輪を一つ、美香は持っている。

宝石箱の中からその指輪を取り出した。小粒の赤い宝石はルビー。そのまわりを小さなダイヤモンドが取り囲んだ金色の指輪。美香の薬指にぴたりとはまる。

誰の指輪なのかは……わかっている。

十二年前、美香が大学生のときのクラスメイト、手塚彩音《てづかあやね》のものだ。彼女のものだとわかっているのに、この十二年間ずっと、美香は持ち主に返すことができずにいる。

気がついたら、その指輪が美香の鞄の中に入っていたのだ。どういう経路でそれが自分の鞄に紛れ込んだのか、皆目わからずにいる。わからないまま、経路を明らかにする努力もせずに、いまに至っている。

——彼女は、その後、どうしただろう。

ときどき、指輪を紛失したあとの彼女――手塚彩音の人生を想像することがある。指輪をなくしたことで、彼女が不幸になっていなければいい。できれば、幸せな道を歩んでいてほしい。

彼女の指輪を持ったままでいるのに、美香は、身勝手ながらそう願っている。

4

いまから十二年前。大学四年生の春だった。

その日、美香は学食のいつもの席にいて、コーヒーを飲みながら次の講義のノートを開いていた。

学食で座る席というのは、どのあたりと大体決まっているものだ。友達がいないわけではなかったが、一人でいるのが苦にならない美香は、一年次から友達に合わせて科目を履修したり、体育で好きでもない種目を選んだりはせず、基本的にキャンパスでは単独で行動していた。

だから、その日も一人で学食の真ん中あたりにある大きな円柱近くの席にいた。

窓際の長テーブルをいつも同じグループが占めているのには気づいていた。テニス部の女子で、七、八人のグループだっただろうか。「かわいい子しかテニス部には勧誘されない」とうわさされていたくらい、女性の美香の目から見てもかわいくてきれいな子ばかりが集まっていた。中でも目立っていたのが、美香と同じクラスの手塚彩音で、派手な目鼻立ちとカールさせた栗色の髪が印象的な美しい子だった。

学食で時間を潰すとき、テニス部の彼女たちと一緒になるのが美香には苦痛に感じられた。講義の予習や復習をしたいときなど、離れた席にいても、彼女たちのかん高い話し声や笑い声が耳に飛び込んできて集中できないからだ。

「もう少し声を落としてください」と、注意しようと思ったこともあったが、近づいただけで、値踏みするような複数の視線に気圧されてしまった。

したがって、学食で彼女たちと一緒になったときは、音楽を聴いて勉強や読書に集中することにしていた。

それで、その日、「騒動」に気がつくのが遅れたのかもしれなかった。

異様な気配を察してイヤホンをはずすと、「ない」「ない」「どこ?」「探して」「あった?」などという声が聞こえてきた。テニス部のグループの席で、騒ぎが起きている。全員が椅子をどけて床に這いつくばるようにして、何かを探している。

「どうしたんですか？」

前の席の二人連れの女子学生に尋ねると、

「テニス部の子が指輪を落としたみたい」

と、一人が答えた。

反射的に美香も自分の足元を見たが、グループからはだいぶ離れている。落とした指輪がこちらまで転がってくるはずがない。

気にはなったが、次の講義の時間が迫っていたので、テーブルに広げた教科書やノートをまとめると、左手に抱えた。そして、隣の空席に置いてあった鞄を右手で持つと、席を立って学食を出た。

翌日、同じ講義をとっている教育学部のクラスメイトから昨日の顚末を聞くことができた。

学食にいたグループ以外の学生も一緒に探したが、結局、手塚彩音が落とした指輪は見つからなかったという。

「それからが大変だったの」

と、クラスメイトは声を潜めて続けた。「落とした指輪って、交際中の彼から贈られた大切なものだったらしくて、手塚さんは諦めきれなかったんでしょうね。高価なルビーの指輪だとか。手塚さん、『こんなに探して見つからないはずがない。拾った誰かが盗んだんだ』って言い出してね。どうしてそうなったのかわからないけど、視線が離れて立っていた広中《ひろなか》さんに注がれて……。ああ、広中さんって文学部の子で、わたしの友達の友達なんだけど、テニス部を辞めた子なの。手塚さんの彼を巡って、過去に三角関係になったことがあったらしくてね。広中さんが振られて、テニス部にいづらくなって辞めたみたい。手塚さんは、『あなたでしょう?』って広中さんを指さしたの」

「自分を恨んでいる広中さんが、拾った指輪を隠した。手塚さんは、そう思ったのかしら」

「そうみたいね。疑われた広中さんは、顔を真っ赤にして、『わたしを泥棒呼ばわりするなんてひどい』って言うなり、自分のバッグを逆さまにして、中のものを床にぶちまけたのよ。で、『ほら、指輪なんかないでしょう?』ってね」

その光景を想像して、美香は寒気を覚えた。

「それでも、手塚さんは気がおさまらなかったのか、まだ怖い目で睨んでいたの。そしたら、広中さん、『服の中に隠しているとでも思ってるの？　わかった。裸になればいいんでしょう？』って、服を脱ぎ始めたのよ。さすがにまわりがあわてて制止したけど。でも、近くの人にポケットを検《あらた》めさせたりはしたわ」

「ルビーの指輪はどこにいったのかしら」

「さあ。学食にはいっぱい人がいたから、何人かの足に蹴られて外まで転がっていって、マンホールの蓋の隙間にでも挟まったんじゃない？　あるいは、隙間から落ちて、下水道にポチャンか」

クラスメイトは、そうなってほしそうな楽しげな口調で言い、肩をすくめた。

「その場にいなくてよかった。いたら、女同士の毒気にあたって熱を出していたかも」

美香も、彼女に合わせておどけてみせた。

恋人から贈られた指輪をなくしたのが、よほどショックだったのだろう。その日、学食に手塚彩音の姿は見あたらなかった。

それから教育実習が始まってしまい、しばらく美香はキャンパスに立ち入らずにいた。

教育実習期間の前に使っていた通学用の茶色い鞄の底に、ルビーの指輪が入っているのに気づいたのは、「事件」から三週間もたってからだった。

——どうして、こんなものがここに？

自分のものでないのは明らかだ。見つけた瞬間は訝しく思ったが、それが誰のものか思い至ると青ざめた。学食で、手塚彩音がなくしたと騒いでいた例のルビーの指輪である。

指輪が宙を飛んで、鞄の中に入るはずがない。誰かが意図的に美香の鞄に入れたのである。

——だけど、誰が？　何の目的で？

どう推理を巡らせても、真相にはたどりつけそうにない。とにかく、これは手塚彩音の手元に返さなければならない。

ところが、キャンパスで手塚彩音の姿を見かけなくなってしまった。四年生ともなれば必要な単位を取り終えている者も多いから、キャンパスに来なくなっても不思議ではない。が、学食のいつものグループの中にも彼女の姿はない。手塚彩音に指輪を渡してもらうように、テニス部仲間に頼もうか、とも考えた。

しかし、「何であなたの鞄の中に？」と問われたら、返事に窮する。「拾ったあなたが、一度はくすねようとしたんでしょう？」と、疑われてしまうかもしれない。いや、間違いなく疑われるだろう。

――いまさら返せない。

結論はそこに落ち着いた。返せるわけがない。

――このまま返さずにいたら、わたしはどういう罪に問われるのだろう。

気になって、法律を調べてみた。

落とし物を拾ったときは、警察に届ける義務があるという。一定期間落とし主が現れない場合は、拾い主に所有権が移る。だが、拾った日から七日を過ぎると、拾い主としての権利は主張できなくなる。届け出を怠り、それが発覚した場合は、占有離脱物横領罪に問われ、一年以下の懲役に処せられると知って、美香はふたたび青くなった。罰金刑、もしくは科料に処せられる場合もあるという。

指輪が自分の鞄の中にあることに気づいても、警察に届け出なかったのである。

――ずっと知らなかったことにすればいい。

法律を頭から追い払って、美香はそう決めた。かといって、罪悪感に苛まれて、処分することはできなかった。

――黙って持ち続けていればいい。

それで、十二年間、自分のアクセサリー類を収納した宝石箱に入れて、クローゼットにしまっておいたのだったが……。

母の実家で祖母の遺品整理をしているうちに、喉に刺さった魚の小骨のように気になって仕方なくなった。

――いまから手塚彩音に返しても遅くはない。

彼女の住所がわかれば、封筒に入れて、差出人名を書かずに郵送するという方法もある。

そうだ、まず、彼女の近況を探ることから始めよう。

思いついたら、美香の心は少し軽くなった。

5

わたし、手塚彩音は、相沢勇人《あいざわゆうと》さんを殺害してしまいました。

殺害したのは昨日で、夜が明けてしまったのはわかっています。

本来ならば、すぐに警察に通報しなければいけないのでしょう。でも、こうして、悠長にパソコンに向かって文字を打っています。

気持ちを落ち着けたいから？　いいえ、こんなことをしても、少しも気持ちは落ち着きません。指が震えて打ち間違えてしまい、何度も打ち直しています。

それでも、書きとめておかねば、という強い思いに駆られてパソコンに向かっているのには、理由があります。

逮捕されて取り調べられても、理路整然と自分の気持ちを刑事さんに伝える自信がありません。逮捕される前に、自分の思いを文章にしておこうと考えたのです。

なぜ、こんなことになってしまったのでしょう。わたしにもわかりません。衝動的に殺してしまったとしか言いようがありません。

相沢勇人さんのことは大好きでした。愛していました。それなのになぜ手をかけた？　と疑問に思われるかもしれませんね。でも、愛していたからこそ、手をかけてしまったのです。

人は一生のうちで何度、本気で人を好きになるのでしょう。体質的に惚れっぽい人はいるかもしれませんが、わたしはそうではありません。

自分で言うのもなんですが、見映えのする外見に生まれついたわたしは、男の人を好きになるより、男の人から好きになられるほうが多かったのです。

でも、いくら好きになられても、言い寄られても、こちらが恋心を抱かないことにはどうにもなりません。

交際を申し込まれて断ると、

「えっ？　あの人、いいじゃない」

「あんな条件の揃った人、もったいないよ」

などと友達に言われることが何度かありましたが、わたしの食指が動かなければ何も始まりません。

相沢勇人さんは、そうした数少ない、わたしが心を揺り動かされた人でした。

出会ったのは、わたしが二十七歳で、勇人さんが三十一歳。婚活パーティーで知り合いました。

——二十代のうちに結婚を決める。

それが、婚活を始めた動機で、そのときすでに開始から二年がたち、焦っていた時期ではありました。

なので、二十代のうちに理想の人に出会えて、わたしはホッとしていました。二人で街を歩いていたとき、外国人に道を聞かれ、戸惑っているわたしをよそに、彼はすらすらと英語で道順を教えたのです。そのスマートさに感激し、すっかり魅了されました。勇人さんが卒業した大学より偏差値の高い大学を卒業し、彼の勤める会社より大きな会社に勤める人に交際を申し込まれたこともあったけれど、物怖《ものお》じせずに外国人に応対した人ははじめてでした。

交際から一年たっても清らかな関係を続けていましたが、こちらはもう結婚を意識していました。

けれども、勇人さんのほうはまだ仕事で頭がいっぱいで、結婚には踏み切れない様子でした。わたしが年齢を基準にしていたように、勇人さんは、仕事でこのレベルまで達したら結婚、という明確な基準を自分の中に設けていたようです。

その直後、彼は大阪に転勤になり、わたしたちは遠距離交際を続けました。離れていたほうがお互い燃えるのかもしれません。二年目には深い関係になっていました。

彼が大阪から東京に戻ったとき、わたしは三十歳。大学時代の友達の結婚ラッシュが起きて、内心焦ってはいました。それでも、さすがにもうはっきり切り出してくれるだろう、と期待していました。

ところが、彼の口からは結婚のけの字も出ません。煮え切らない態度に苛立って、わたしのほうから「将来、どうするか考えているの？」と聞きましたが、「海外で新しく立ち上げるプロジェクトのメンバーに入れられている。それが動き出してからしか何も考えられない」という返事でした。

それなら、結婚式を挙げておいて海外に単身赴任するか、わたしが仕事を辞めて一緒について行くか、どちらかを選択すればいい。そう提案しようとした矢先、わたしの父が倒れて、岐阜の実家に帰省しなければならなくなりました。

幸い、父の病状はたいしたことがなくて、まもなく退院しましたが、そのあいだに彼は海外赴任となったわけです。それでも、帰国の折には会って、愛を確かめ合っていました。

だから、三年間の海外赴任を終えて帰国したとき、今度こそ正式に結婚、と期待に胸を膨らませたのです。

わたしは、三十三歳になっていました。二十代のうちに結婚できなかったけれど、次の目標は「三十四歳までにウエディングドレスを着る」でした。

――純白のウエディングドレスは、三十四歳を過ぎると似合わない。

なぜか、わたしの頭にそう刷り込まれてしまっていたのです。

東京本社に戻ってからの勇人さんは、任される仕事が増えて大変そうでした。でも、どんなに忙しくても、婚姻届一枚提出すれば、結婚はできます。休みの日に、ウエディングドレスを着た写真を撮るだけでもいいのです。

三十四歳の誕生日を迎えたひと月後。わたしは、自宅で彼からのプロポーズを待っていました。

「話がある。君の家へ行くよ」という電話があったから、いよいよだわ、と胸を弾ませて待っていたのです。

ところが、わたしの前で神妙な顔をして彼が切り出した言葉は、「ごめん」でした。

「結婚って一生の問題だから、やっぱり慎重に考えないといけないと思うんだ」

勇人さんは、わたしの反応を見るために言葉を切りました。

「そのとおりよ。慎重に考えないとね」

と、わたしが受けると、「だろう?」と、彼は安堵した表情になって、すらすらと言葉を重ねました。

「七年つき合ってきて、わかったつもりになっていたけど、何か、こう、どこか違うんだよな。かみ合わないんだよな。君も結婚相手を見つけるために婚活を始めた人だから、こういうことは割り切って考えられる人だよね。だから、はっきり言うけどさ、ぼくたちは相性がよくないと思う。お互い、もっといい結婚相手がほかにいると思うんだ」

「七年もかかって、それがわかったの?」

「七年でようやくわかったというか……」

「そう」

——二十七歳から三十四歳までの、女の貴重な七年間をどうしてくれるのよ。返してちょうだい。

そう叫びたいのを、わたしは必死にこらえました。お腹の中は煮えくり返っていたけれど、そのときは激情を何とか抑えることができていました。

それなのに、彼が続けた次の言葉に感情が爆発してしまいました。

「それで、また婚活パーティーに参加してみたんだ。そしたら、何ていうか、ぴったりマッチングする子が見つかってさ。その子、二十四歳なんだけど……」

――何を言っているのだろう、この人は。なぜ、こんなに明るい口調で話せるのだろう。人の心をずたずたに切り刻んでおきながら。

婚活は結婚相手をゲットするゲームだから、うまくいかなかったら、簡単にリセットできるとでも、そこに人の心は介在しないとでも思っているのだろうか。わたしの胸の中では、煮えたぎったマグマが出口を探して渦を巻いていました。マッチングしたという相手の若さにも嫉妬していたのかもしれません。

「いやだ。捨てないで。考え直して」

などと、わたしが涙を見せたり、すがりついたりしなかったから、大丈夫だと思ったのでしょうか。

あの男は、唇の端を持ち上げる笑いを見せてから、「喉が渇いたね」と言って、キッチンに向かうために背を向けました。

その瞬間、真っ赤に熱せられたマグマが身体中の穴という穴から噴出しました。殺害方法はいずれわかりますよね？　鑑識の人たちが調べてくれるのですから。そうです、撲殺です。凶器は家にあった置物で、捨ててはいません。

取り返しのつかないことをしてしまいました。正直、後悔しています。時間が巻き戻せたらいいのに、と思います。大学時代のあの日に戻れたらいいのに、と。

大学時代にも本気で好きになった人がいました。四年生の春、彼からルビーの指輪をプレゼントされました。それが「卒業したら結婚しよう」というプロポーズだと、わたしは受け取りました。

それなのに、その指輪を不注意にも学食で紛失してしまったのです。「ねえ、見て、見て」と、テニス部の仲間に見せびらかしたわたしがいけなかったのです。左手の薬指にはめてみんなに披露しているうちに、緩んだそれが指からすぽっと抜けてテーブルに落ちて。指でつまみあげようとしたのを取り損ねて、今度は床に落ちて……。どこかに転がっていってしまったのでしょうか。

あのあと、みんなでどんなに探しても見つからなかったのです。

――拾った誰かが、悪意を持ってどこかに隠してしまったのではないか。

そんなふうにも推察しました。

ある人に疑いの目を向けたりもしました。

大学や警察に届け出ることも考えましたが、彼にとめられました。

「なくしてしまったものはもういい。指輪のことは忘れよう」

彼はそう言って、慰めてくれました。

わたしも忘れようとしました。でも、できません。あのルビーの指輪は、彼のお母さまのもので、お母さまのことを慕っていた彼との関係は、指輪をなくしてからぎくしゃくし始めました。

そして、ほどなくわたしたちは破局しました。

――あの指輪を落とさなかったら。

わたしの人生は、どうなっていたでしょう。彼とすんなり結婚できていたかもしれません。

あんなちっぽけな指輪一つに運命を狂わされるなんて……。

いいえ、指輪のせいにしてはいけませんね。感情をコントロールできなかった自分自身のせいです。

これ以上、時間を引き延ばすと、遺体が腐敗を始めるかもしれません。臭いが出て、周辺に勘づかれてしまうおそれがあります。

タイムリミットです。わたしはこの手記を持って、これから自首します。

6

「ねえ、ママの昔の上の名前って何？」

ただいま、と小学校から帰るなり、娘が息せききって聞いてきた。

二年生になった娘の香奈《かな》は、家のすぐ近くまで友達と一緒に帰り、そこで別れて一ブロックほどの距離を一人で歩いてくる。表に出て香奈が無事下校するのを待っていた去年のいまごろと比べると、娘の成長ぶりに由佳里《ゆかり》は胸が熱くなる。

「ともちゃんのママもしんちゃんのママも、みんな昔の上の名前があるんだって」

手洗いうがいをさせてから、ダイニングテーブルに着かせると、香奈は待ちきれない様子で言った。

「ああ、旧姓のことね」

おやつのプリンを出して、由佳里は答えた。「ママの旧姓は、広中よ」

「ひろなか？　それって、千葉のおじいちゃんおばあちゃんと同じじゃない」

「そうよ。千葉のおじいちゃんはママのお父さんで、おばあちゃんはママのお母さんだもの」

「へーえ。ママの昔の上の名前は、おじいちゃんおばあちゃんのと一緒で、いまの上の名前が大堀《おおほり》なのか。それは、パパのおじいちゃんおばあちゃんと一緒だよね」

スプーンでプリンをすくいながら、香奈がいま一つ納得できないという表情で自分の言葉に置き換える。今年八歳になる子に姓を含めた親族関係を理解させるのは、確かにむずかしいかもしれない。

「女の人は、結婚したら上の名前が変わるんだって。ともちゃんもしんちゃんも言ってた」

「それは……ちょっと違うけどね」

由佳里は少し迷ったが、本当のことはなるべく早い時期に伝えておいたほうがいいだろうと考えて、言葉を選びながら続けた。

「結婚するときに、夫婦の上の名前、つまり姓を一緒にするように法律で決められているのよ。だけど、それはどっちの名前でもいいの。ママはパパの大堀って名前に変えたけど、パパがママの広中って名前を選んでもいいの」

「へーえ、そうなんだ」

——選択的夫婦別姓という制度があって、それはいまの日本では……。とさらに説明を続けようと思ったが、それはやめておいた。小二の娘にはむずかしすぎる説明だろう。

「ママのプリン、いつもおいしいね」

香奈の関心がおやつに移った。おやつはできるだけ手作りのものを出す、と由佳里は心がけている。

「おやつを食べたら、宿題やっちゃってね」

「はーい」

元気よく返事をして、食べ終えた香奈は、ランドセルから算数ドリルと漢字の練習帳を取り出した。

宿題はなるべく自力でやる、わからないところだけ親に聞く、と取り決めている。学校の成績もよく、素直に育った香奈は、由佳里の自慢の子だった。

ダイニングテーブルの隅で宿題をし始めた香奈を横目で見て、居間の隣の部屋をのぞきに行く。ベビーベッドが置かれた部屋には、昨年生まれた長男が寝ている。香奈が帰宅する少し前に授乳したばかりなので、当分眠っているだろう。

天使のような寝顔を見つめながら、由佳里は小さく微笑んだ。こういう平凡な暮らしが一番幸せなのだ、と思った。食品メーカーに勤務する三つ年上の夫と、健やかに育ちつつある二人の子供と、都内に通勤しやすい神奈川県内の地にローンを組んで購入した４ＬＤＫのマンション。下の子がもう少し大きくなったら保育園に預けて仕事を再開しようと考えているが、現在は「専業主婦」を楽しんでいる自分。これ以上の幸せがどこにあるのだろう。

――人の運命なんてわからないものね。

由佳里の脳裏に、昼過ぎに観たテレビのニュースが映し出された。男女関係のもつれで殺人事件が起きたというが、「人を殺しました」と自首してきた女が、何と学生時代の同期の手塚彩音だったのだ。交際相手の心変わりが許せなくて、自宅で彼の頭を硬いもので殴って殺してしまったという。凶器などの詳細は報道されなかったが、速報だったからかもしれない。

——あの手塚彩香が……。

彼女を思い起こすときには苦い思い出が伴う。過去を振り返るのがいやで、当時のテニス部の仲間とは連絡を絶っている。

殺害された交際相手の名前は、由佳里が記憶している男性の名前ではなかった。もっとも、学生時代に交際していた男性とは「指輪事件」後に別れた、と風の便りに聞いていた。

交際していた男性との痴情のもつれが、今回の殺人事件の原因らしい。

——わたしがあんなことをしたから？

それが彼女の運命を狂わせたのか……。そんなふうに推測してしまい、違う、と由佳里は激しくかぶりを振った。わたしのせいじゃない。わたしは悪くない。

——罪を犯したとしたら、せいぜい窃盗罪？

当時の学食の光景が思い浮かんだ。大学四年生の春。あの日、学食に足を踏み入れた由佳里は、空席を探して食堂内を見回し、いつもの長テーブルに、手塚彩音を中心としたテニス部の女子たちがいるのに気づいた。

手塚彩音の頬が紅潮している。わたしから男を奪ったことがそんなに愉快なのか。憤りを覚えて、握ったこぶしに思わず力がこめられた。自分から去った男に未練などはなかった。二、三度デートしただけでひどいマザコンだと気づいたし、女性を外見で判断する薄っぺらな男だとも見抜いていた。

とはいえ、手塚彩音が勝ち誇ったような表情を見せたり、見下したような視線を向けてきたりするのには耐えられなかった。彼女が薄っぺらな男からもらった指輪を仲間に見せびらかしていたのは、その光景から察せられた。

ほどなくして騒ぎが起きた。彼女が指輪を落としたらしい。学食内は混雑しており、席を立つ者もいれば、通路を歩く者もいて、騒ぎに気づかない者もいた。そして、なぜか、真ん中の円柱近くの通路にいた由佳里の足元に、それは転がってきた。小さな赤い宝石のついた金色の指輪。とっさに、スニーカーで踏んで、指輪を隠した。そのあと、まわりにならってかがんで探すふりをした。しかし、ふりだけで、靴の下から素早く指輪を取り出すと、てのひらに包み込んだ。

別に指輪がほしいわけではなかった。だから、円柱の傍らの空席に置いてあった茶色い鞄にとっさに投げ入れた。投げ込んで、と言わんばかりに鞄のファスナーが開いていたのだ。

その直後に、空席の隣に座っていた女性がその鞄を手に取って、食堂から出ていった。由佳里は、魂を抜かれたようになって、しばらくそこに立ち尽くしていた。「あなたでしょう?」という声に、現実に引き戻された。手塚彩音がこちらを指さしている。

——わたしが疑われている。

頭に血が上ったが、この状況を利用してやろうと考えた。由佳里は濡《ぬ》れ衣《ぎぬ》を晴らすという名目で、公衆の面前で服まで脱ぎ始めたのだ。誰かがとめてくれなければ、素っ裸になっていたかもしれない。まさに迫真の演技だった。

手塚彩音は、由佳里に敗北したのである。痛快だった。

そのあとのことは知らない。知ろうとも思わなかった。「あの指輪、とうとう見つからなかったみたいよ」と、今度もどこからともなく耳に入ってはきたが……。鞄の持ち主が指輪に気づかなかったのか、気づいても放っておいたのか。

——あのまま指輪の贈り主と結婚していたら、彼女は幸せになったかしら。

少なくとも、今回のような殺人事件は起こさなかっただろう。

ちくりと針に刺されたような痛みが胸に生じたが、由佳里はそれも瞬時に追い払った。

「ママ、教えて。ここ、わかんない」と、香奈の声が上がったと思ったら、ベビーベッドの中の赤ん坊も火がついたように泣き始めた。

「はい、はい」

二人分の返事をして、由佳里は、まずは目の前の長男をやさしく抱き上げた。

7

聡子は、今日も泊まらずに上尾の自宅に帰るという美香を庭まで見送った。

「戸締まりに気をつけてね」

車に乗り込むと、運転席の窓を開けて美香が言う。

「大丈夫よ。あなたこそ気をつけて」

「ねえ、お母さん」

車を発進させるかと思ったら、美香はハンドルに手を置いて、何かを思い起こす目をした。「一つも罪を犯さずに一生を終える人なんて、いると思う？」

「いきなり何を言い出すの、この子は」

聡子は、不意をつかれて面食らったが、笑顔で受けた。帰り間際になって提供する話題ではない。

「いままで黙っていたけど、このあいだ、大学のクラスメイトが事件を起こしたの」

「どういう事件？」

「つき合っていた男の人を殺しちゃったの」

「まあ……。仲のよかった子？」

「ううん、そうでもない。テニス部の子だったし」

「そう。美香は……」

「わたしは美術部。彼女とは接点がなかったの」

まだ何か言いたそうで、車を出さない。

「おじいちゃんの罪は……何だと思う？」

そして、美香はそんな質問を投げかけてきた。行方不明のままの聡子の父親、谷本謙造のことだ。

「江戸時代だったら、不義密通かしら。男女の道義に外れた関係ね」

「それって、どういう罰に相当するの？」

「そうねえ。江戸時代は、女が夫以外の男と不貞行為を働いたら、殺されても仕方ないとされていたとか。男女同権の時代だったら、妻以外の女に走ったお父さんは、不義密通で死刑かしら」

「怖いよね」

と言うと、美香は「じゃあ」と、ようやく車を発進させた。

聡子は一人になると、胸にたまっていた息を吐き出した。

家に入り、途中だった片づけを進める。片づけが一段落すると、縁側に立った。そこから庭を眺める。美香が言ったとおり、花が終わったあとの百日紅が、夥《おびただ》しい数の葉を地面に散らしている。

手入れなどせずにこのままにしておこう、と聡子は思った。外部からの視線を遮るためにも、庭木は生い茂らせておいたほうがいい。

——この家はわたしが守る。美香を巻き込みたくはないから。

聡子は、そう心に誓った。とりあえず、百日紅の根元に埋まっている人骨をどうにかしなくてはならない。それが、母親である史子の最後の遺品整理で、聡子にとってもっとも大切な終活だった。

8

聡子、ごめんなさい。お母さんの遺品の中からこの手紙が見つかって、読んだあなたが驚く顔が想像できます。

庭に大きな百日紅の木がありますよね。その木の根元には、あなたのお父さんが埋まっているのです。

お父さんを殺《あや》めてしまったのは、このわたし、お母さんです。

あの夜、離婚届を持ってお父さんが帰ってきたのです。耳の遠いおじいちゃんも、それに加えて足の悪いおばあちゃんも、とうに奥座敷で眠っていました。聡子は、高校のバスケットボール部の合宿に出かけて留守でした。

お父さんの気持ちがお母さんから離れたのは、知っていました。だから、離婚届に署名捺印して、それで縁を切ろうと考えていました。聡子の将来のことだけ真剣に考えてくれれば、それでよかったのです。

ところが、話が終わって帰ろうとしたお父さんが、「そうだ、枕を持っていこう」と言い出したのです。「枕が替わったせいか、最近よく眠れないんだよな」と言って。まあ、こんなときにのんきにくたびれた枕のことなんか……。呆れと同時に、名状しがたい感情がこみあげてきました。

聡子は、父親の匂いの染みついた枕が大好きでした。幼いころは「お父さんの枕、大好き」と言っては抱き締めたり、枕を持って「ねえ、一緒に寝よう」と、父親の寝床に入ったりしていました。

ふっとそんな懐かしい昔の光景を思い起こして、胸が詰まるような切ない思いに駆られたのです。あんな日々は二度と帰らない。すべてを壊したお父さんが、大阪の女の家で新しい家庭をわたしたちの思い出が詰まった枕とともに築こうとしているお父さんがたまらなく憎らしくなって、感情を抑え切れなくなりました。それで、そばにあった弥勒菩薩《みろくぼさつ》のブロンズ像の置物を、お父さんの後頭部めがけて振り下ろしたのです。何度も、何度も。

足元で動かなくなったお父さんを見て、警察に通報しないといけない、と我に返りました。

けれども、あなたの将来を考えて思い直したのです。あなたを殺人者の娘にすることはできない。お父さんがここに来たのは、誰にも見られていない。おじいちゃんもおばあちゃんも離れた部屋で寝入っています。

縁側からお父さんの死体を庭に引きずり出しました。雨が降ったあとで、庭の土は柔らかくなっていました。百日紅の根元にスコップで時間をかけて深い穴を掘り、そこにお父さんの死体を埋めたのです。

いまなら、街のあちこちに設置された防犯カメラで行方不明者の足取りを追えるのかもしれませんが、四十年以上も前にそんなものはありません。

あなたのお父さんは、行方不明者となったまま、戸籍からも消されて、百日紅の大木の下に眠り続けています。

聡子、ごめんなさい。そんな因縁めいた不吉な家の後始末をあなた一人に押しつけてしまって。

どうか愚かなお母さんを許してください。

第七話　妻の罪状

1

群馬県I市の自宅で介護する夫と義母を殺害したとして、殺人罪に問われた茅野《ちの》春子《はるこ》被告（六十五）の裁判員裁判で、前橋地裁は五日、「周囲から充分な援助が得られず、対処能力を超えて負担を抱え、精神的に追い込まれた」として、懲役十年（求刑十五年）の判決を言い渡した。

判決理由で石川勉《いしかわつとむ》裁判長は、介護疲れがきっかけの犯行で経緯にも同情の余地があるなどとし、「これまでの二人殺人の事実と比較し、明らかに軽い量刑が相当」とする一方、「結果は重大」と量刑理由を説明した。

判決によると、茅野被告は昨年六月七日午後十時から翌八日午前四時ごろのあいだに夫の無職牧男《まきお》さん（当時七十一）と義母のヨネさん（同九十三）の首をタオルで絞め、窒息死させた。

茅野被告は、過去に脳梗塞と診断されて流動食の用意や介護用トイレが必要になり、その後認知症も発症した義母と、転倒がきっかけで歩行困難になった夫の介護を自宅で担っていた。

2

こんなにたくさん時間をとっていただいて、わたしの話に真剣に耳を傾けようとしてくださったのは、奥寺《おくでら》先生がはじめてです。いままで誰も……いえ、一人をのぞいて、わたしの話を聞こうとしてくれた人はいませんでした。

本当に、心のうちをすべて話していいのでしょうか。

わたしは、二人も人を殺《あや》めてしまったのです。言い訳などできませんし、するつもりもありません。罪深い人間です。それなのに、そんなわたしを時間をかけてじっくり弁護してくださるのですね。

ありがとうございます。先生のご厚意に心から感謝いたします。

夫の母――おばあちゃんが脳梗塞で倒れたのは、わたしが五十五歳で、夫が六十一歳のときでした。

夫は建設会社を定年退職後、再雇用されて子会社に勤めていました。二人の娘は、すでに県外に嫁いで家庭を築いていました。

食品加工会社でパート勤めをしていたわたしは、勤めを辞めて自宅でおばあちゃんの介護に専念することになりました。そのときは、嫁のわたしが姑を介護するのは当然だと思っていましたし、世話をするのは少しも苦ではなかったのです。

おばあちゃんは、病気で倒れるまでもわたしにやさしく接してくれましたし、ご近所にも親戚にも「いい嫁さんだ」と言い続けていました。十年以上前に亡くなった義父は気難しい人だったのですが、わたしに声を荒らげたりしたときなどに、よくおばあちゃんがかばってくれました。

そんなこともあって、脳梗塞で右半身に麻痺《まひ》が残ったおばあちゃんを、献身的に支えてあげることができたのです。

夫には妹と弟がいて、それぞれ家庭を持って、そう遠くない距離に住んでいました。義理の妹も弟も、たまにおばあちゃんを見舞いにやってきましたが、とくに何の世話をするでもなく、席をはずしたわたしを「春子さん、早く来て。おばあちゃんが咳込《せきこ》んでるよ」とか「春子さん、おばあちゃん、トイレに行きたいみたいだよ」と、廊下に出て大声で呼ぶ始末です。それでも、そのときは特別腹も立ちませんでした。

「おばあちゃん、春子さんでないと嫌がるみたい」と言われて、〈ああ、それだけわたしが頼りにされているんだ〉と、まんざらでもない気分で、誇らしくさえ思っていたのです。

心にさざ波が立ち始めたのは、わたしが泊まりで実家に帰省したあとでした。茨城で一人暮らしをしていた母が体調を崩して入院し、どうにも心配になって様子を見にいったのです。実家のそばにはわたしの弟の家族が住んでいましたが、弟や弟の奥さんに全面的に母の面倒を押しつけていることに、長女として心苦しさを覚えていたのです。久しぶりの里帰りでした。

もちろん、家をあけるにあたって、おばあちゃんの世話を夫や夫の妹に頼んでおきました。戸惑わないように、流動食の作り方や食器や衣類の置き場所、トイレ介助や入浴させるときの注意点などを紙に書き残して。

ところが、家に帰ったら、「もう大変だったよ。予定外のことばかり起きてさ」と、うんざりした表情の夫が顔をしかめて言います。来る予定だった義理の妹は、同居している姑が外出先で転んで腕を骨折したとかで、病院の付き添いのために来られなくなったというのです。かわりに、大学生の娘をよこしたのですが、その娘、つまり、夫の姪っ子がちっとも役に立たなかったらしいのです。

「こっちは仕事で疲れているから、夜中はあいつに任せたはずなのに、おふくろが呼んでもグーグーいびきをかいてて起きないし。おふくろは『男のおまえじゃ嫌だ』とわがまま言って、トイレに行こうとしない。我慢したあげく、お漏らしして布団を汚されて大変だったよ」

おばあちゃんもわたしの顔を見るなり、「やっぱり、春子さんでないとだめだ」と、枯れ枝のような両腕を伸ばしてしがみついてきます。

夫もおばあちゃんもわたしの母の容態がどうだったか、少しも気にするそぶりを見せなかったことに不満は抱いたものの、それだけ自分の存在が大きかったことがわかって、子供のように甘えてくるおばあちゃんが愛おしく思えて、〈この人を看取るまで一人でがんばろう〉と心に決めました。

けれども、それから何日かしてやってきた夫の妹――利恵《りえ》さんの棘《とげ》のある言葉にはかなり傷つきました。利恵さんは、わたしを労《ねぎら》ったり、自分の娘の不手際をあやまったりするどころか、強い口調で文句をぶつけてきたのです。

「春子さん、結婚したら、同居している家族を優先するのがあたりまえでしょう？実家のお母さんよりうちのおばあちゃんを優先するのが。大体、入院といっても大病じゃなかったみたいだし。あっちには、春子さんの弟さんも弟さんのお嫁さんも近くにいるんだし。わたしだって自分の母親のことはすごく気がかりだけど、やっぱり、一緒に暮らしている夫の母親のことを第一に考えるようにしているのよ。それが嫁の務めでしょう？　だから、病院にも付き添ったんだし。おたくにも嫁いだとはいえ娘が二人いるでしょう？　娘たちにおばあちゃんの世話を頼めばいいじゃない」

利恵さんはそうまくしたてて、最後には皮肉っぽくわたしの娘たちのことを持ち出してきました。

娘たちは遠方に住んでいるし、それぞれ手のかかる子供もいて、すぐには駆けつけられません。わたしは反論したかったけれど、何か言うと何十倍にもなって言い返されそうなので、唇をかみ締めていました。

わたしにも意地があります。それで、大きく息を吸ったあとに、「わかりました。おばあちゃんの世話は、わたしが責任を持って最後までします」と宣言しました。

——自分の母親なのに。

ささくれた気持ちがなかったと言えばうそになりますが、何かしてあげたときの「ありがとう」のひとことに、すごく救われていたのです。感謝の気持ちを示されたからこそ、毎日、食事の世話からトイレや入浴の介助までしてあげられていたのです。天気のいい日には、外の空気を吸いたいと言うおばあちゃんを、車椅子に乗せて散歩に連れ出していました。

おばあちゃんの世話をわたしが一手に引き受けていたためか、いつしかそれが当然という風潮になり、急いで入浴をすませようと脱衣場に入った途端、「おふくろ、喉が渇いたって」と、夫が呼びに来るまでに至りました。「水差しの場所くらいわかるでしょう?」と呆れて返すと、「レモンの輪切りが浮かんだ冷たい水がほしいんだってさ。いろいろ注文が細かくて俺じゃわからんよ」と面倒くさそうに言い返されます。

それでも、何とかがんばっておばあちゃんの世話をしてあげていたのです。

介護生活が始まって四年半が過ぎたある日、朝食を持って部屋へ行くと、おばあちゃんが這いつくばった格好でたんすの引き出しを開けてのぞきこんでいます。

足腰の力がめっきり衰えてきたので、ベッドから起き上がるときもわたしが手を添えていたのに、自力でベッドから降りて、たんすまで這っていったのでしょう。

「おばあちゃん、どうしたの？」

驚いて駆け寄ると、

「春子さん、あんた、盗んだね」

と、それまで見たこともないような険しい目つきでわたしを睨んできます。

「盗んだ？　何をですか？」

「指輪だよ。利恵にあげようと思ってしまっておいた指輪。この着物の下にね」

「そんなの、知りません」

「うそつけ。盗《と》るのはあんたしかいないじゃないか。この泥棒猫」

それまでのおばあちゃんとはすっかり面相が違って、汚い言葉遣いになっています。

わたしは度肝を抜かれてしまい、利恵さんにあわてて連絡しました。

利恵さんがやってきたころには、おばあちゃんの表情は穏やかなものに戻っていました。

「指輪って何?」

利恵さんの前で眉をひそめたおばあちゃんに、またもやわたしは度肝を抜かれました。

「とぼけないでください。おばあちゃん、わたしが指輪を盗んだって……」

「春子さん、あなたが指輪を盗むはずないじゃないの」

おばあちゃんは笑って、言葉を継ぎました。「あれは、利恵にあげたんだもの。探していたのは、あなたにあげようと思っていた指輪だよ」

「勘違いじゃないの?」

利恵さんも単純にわたしの勘違いですませようとします。

「おばあちゃんに認知症の兆候が表れたんじゃないかしら」

利恵さんと二人きりになって、わたしは切り出しました。

「そりゃ、もう九十近いんだから、物忘れは多くなるでしょう。記憶違いだってあって当然よ」

けれども、おばあちゃんのそばで過ごすことのない利恵さんには違和感が正確に伝わりません。

「それに、年をとると怒りっぽくなるっていうじゃない。それだけ、春子さんに遠慮がなくなったってことでしょう」

楽観的に構えたまま、利恵さんは帰ってしまいました。

わたしにくれると言った指輪のことをおばあちゃんに尋ねたら、「春子さんにあげる指輪なんてないよ」と、案の定、自分の発言を忘れています。「第一、春子さんは指が太いんだから、わたしのなんてはまらないだろう？」と笑いながら。

それから数か月は、おばあちゃんは落ち着いていました。

――あれは何だったのだろう。あの瞬間だけ何かがとりついたのかしら。

当時の衝撃をわたしも忘れかけたころ、ふたたび事件が起こりました。

三日に一度、自転車を走らせてスーパーに買い物に行くのが日課になっていたのですが、その日の夕方、買い物から帰っておばあちゃんの部屋に足を踏み入れたわたしは、泥棒が入ったかのように散らかっているのに驚きました。ティッシュペーパーの箱やコップやタオル、目覚まし時計やクッションや枕まで床に転がっています。ベッドに寝た姿勢のまま、手あたり次第ものをつかんで投げたという状況が察せられました。

「どうしたんですか?」

動揺したわたしが、散らかったものを一つずつ拾い集めながら聞くと、

「そこに大きな虫がいた」

と、おばあちゃんは眉をひそめて床の一点を指さします。

「ゴキブリですか?」

「いや、あれはゴキブリじゃない。猫みたいに大きなやつだった」

おばあちゃんは、白髪頭をぶるぶる振りながら言いました。

家では猫など飼ってはいません。どこも開けてはいないから、野良猫が侵入するはずもありません。

それを機に、おかしな言動を頻発するようになりました。「壁をミミズがいっぱい這っている」と言って怯えたり、わたしが持っていたペットボトルの麦茶を見て「アメンボがたくさん浮いている」と指さしたり。脳梗塞の後遺症として視覚障害

が起きることがある、という医者の言葉を思い出して、わたしは夫に相談しました。夫に休みをとってもらい、車を出して病院に連れて行き、問診や認知症のテストを受けた結果、おばあちゃんは「レビー小体型認知症」と診断されました。実際にはいない人やものが見えたりする幻視や、奇声を上げたり怒鳴ったりする異常言動を伴う病気で、時間帯や日によって症状の表れ方に変化があると言われました。

とりわけ、早朝や夜中に異常言動を起こすことが多く、明け方に叫び声を聞いて駆けつけたとき、暴れるおばあちゃんを押さえようとして、おかしな具合に身体を捻《ひね》って腰を痛めてしまったのです。

「もうわたし一人じゃ限界。誰かの手を借りないと」

夫を通じて、利恵さんや義理の弟の智雄《ともお》さんに集まってもらい、「週に一、二回でいいから、介護を手伝ってほしい」と頼んだのですが、利恵さんには「孫二人の面倒を見るのに忙しい」と断られました。例の役に立たなかった彼女の娘は、大学卒業後に結婚し、子供を年子で続けて産んでいたのです。智雄さんはいちおうは同情してくれて、「俺は仕事もあって協力できそうにない。外の人に頼んだほうがいいな」と、介護サービスを受けることを提案して、手続きをしてくれました。

「施設なんて嫌だ。家がいい。どこへも行きたくない」

と、子供のように駄々をこねるおばあちゃんをなだめすかして、とりあえずショートステイを体験させようという話になりました。

ところが、いざショートステイを受けるという日に、おばちゃんは帯状疱疹《たいじょうほうしん》にかかってしまったのです。

わたしの腰の具合はだいぶよくなっていましたが、さすがに気落ちしました。気をとり直して次の機会に、と思っていたところに、利恵さんの冷たい言葉が飛んできました。

「帯状疱疹って、免疫力の低下やストレスが原因でなるみたいだよ。おばあちゃん、身体全体で『ショートステイなんて嫌だ』って拒絶しているんじゃないかな。はっきり、施設は嫌だ、って言っているんだし。介護認定のときだって、ケアマネージャーさんに家に入ってこられただけで嫌がっていたでしょう？ ヘルパーさんなんて絶対に受け入れるはずないよ。ヘルパーさんだって暴れるおばあちゃんには手を焼くだろうし」

確かに、ケアマネージャーさんに向かって「あんた誰？ 泥棒だろ？ 出ていけ」などと暴言に近い言葉を吐いて、こちらはハラハラさせられたものでした。

「大体、春子さんも無責任じゃない。『おばあちゃんの世話は、わたしが責任を持って最後までします』って宣言したくせに。あれはうそだったの？　おばあちゃんだって、春子さんに頼りきっているんだよ。おばあちゃん、うちから離れたくないんだよ。おばあちゃんの意思に反して、施設に預けようとするなんて、それじゃ、おばあちゃんが不憫だわ」

理不尽な思いで胸がはち切れそうでしたが、口の達者な利恵さんの勢いに気圧されて、反論できませんでした。

「わかった。大丈夫だ。施設には預けない。俺が交替でおふくろの世話をする。もうじき完全定年だからな」

途方に暮れていたときの夫のひとことは、まさに天から差し込んだひと筋の光でした。

夫が再雇用されていた会社を定年退職すると、自分の負担を軽減するために、わたしは夫に頼めそうな家事を紙に書き出して、夫に指示しました。

買い物や洗濯や掃除などは、夫が担当することになりました。しかし、着替えやトイレや入浴の介助、食事作りなどは相変わらずわたしの仕事です。長男として育てられた夫は、「男子厨房《ちゅうぼう》に入らず」の旧態依然とした教育を施されていたのです。料理なんてまったくできません。しわを伸ばさないままに洗濯物を干したり、ゴミ出しの日を忘れたりしても、わたしは極力目をつぶるようにしていました。

けれども、指定したのとは違うものを買ってきたときは、違うと指摘せざるを得ませんでした。流動食を作るのに使うトロミ調整食品一つとっても、おばあちゃんの好みの味があります。それと違うものを買ってきても、舌の肥えたおばあちゃんは決して口をつけようとはしないのです。病気が進んで、より頑固にもなっています。

「これ、メーカーが違うよ。こっちを買ってきて」

そう夫に指示した途端、

「何だよ。もう一度行けってか？　そんなの面倒くせえ」

と、夫は不機嫌になって、ソファに寝転がってしまいました。そして、こちらも向かずに、「大体、おまえの介護方針が間違っていたんじゃないのか？　おふくろにわがままを言いたい放題にさせて、甘やかしたせいで」と、わたしに非があるような発言につなげたのです。

仕方なく、わたしが自転車で買いに行き、帰って来ると、玄関先でおばあちゃんの泣き叫ぶ声が聞こえてきました。

急いで部屋に行ってみたら、手で顔を覆いながら細い肩を上下させて泣き叫ぶおばあちゃんの傍らに、呆然とした表情の夫が立ち尽くしています。

「どうしたの？　何があったの？」

「手を……上げちまった」

夫が震えた声で言いました。

「おばあちゃんをぶったの？」

驚いておばあちゃんの手をどけると、なるほど、片方の頬が真っ赤に腫れています。

「ひどいやつだよ。春子さん、110番。こいつは暴漢だ」

おばあちゃんは、わたしの腕を揺すって子供のように急《せ》かします。

しばらく背中をさすってやると、ようやくおばあちゃんは落ち着きました。

「お父さん、あやまってよ」

わたしが夫に謝罪を促すと、

「この子は、牧男じゃないよ」

と、憎しみをこめたような視線を夫に流して、おばあちゃんが言います。「牧男は会社に行ってるはずだよ。あの子は部長にまでなったんだからね、真っ昼間に家になんかいないよ」

「おふくろは、俺のことを忘れたんだ」

絶望したというふうにかぶりを振って、夫は言葉を続けました。「呼ばれたから行ってみたら、『ああ、智雄、来てくれたんだね。ありがとう』なんて言うんだ。身のまわりのことをやってあげてる長男の俺のことを忘れて、一度も顔を出さない弟と勘違いしているのか。そう思ったら、情けなくて、気が抜けてさ。それでも、気力を振り絞って、タオルで額の汗を拭いてやり、かゆいという背中をかいてやっていたら、『智雄はいい子だね』『昔からおまえはやさしい子だった』なんて目を細めて言い続けるんだ。いい加減、腹が立つだろう？　それで、手を止めて、真正面からおふくろの顔を見つめて、『ふざけないでくれよ。俺は牧男だよ』って言ってやったんだ。そしたら、『牧男はこんなことをしてくれる子じゃない。絶対に牧男じゃない』ってさ」

「それで、悔しくて叩いたの？」

違う、と首を横に振って、夫はため息をつきました。

「何だかバカらしくなって、部屋を出ようとしたんだ。そのとき、いきなりおふくろが豹変して、『あんた、誰？　泥棒、泥棒』って声を張り上げたんだよ。興奮して暴れて、何とかなだめようと取り押さえようとして、つい……」

「手が出ちゃったのね」

「ああ、だけど、手を上げたことに変わりはない」

自己嫌悪に陥った夫は、意気消沈した様子で言います。

それがきっかけになって、夫は母親の介護にすっかり自信をなくしたのでしょう。認知症が進んで介護してくれる相手がわからなくなるだけならまだしも、自分がやってあげても弟と間違われる。それが、夫にとってどれだけ屈辱的か、わたしにも理解できました。わたしだって、実家に寄りつかなくなった利恵さんと間違われたら、ショックで何をする気も起こらなくなったでしょう。

「おまえが見張っていないと、もっと手荒なことをしてしまいそうだ。おふくろに怪我なんかさせちまったら……」

想像がどんどん悪い方向に流れるので、「いいよ。おばあちゃんの部屋に入るのはわたしだけにしよう」と言いました。

そんなこともあって、夫の中に智雄さんへのわだかまりが生じたのでしょうか。久しぶりに智雄さんがわが家に来たときに、些細《ささい》なことから兄弟ゲンカに発展したのです。激昂した夫は、「おまえはもうこの家の敷居をまたぐな」って吐き捨てて。いちおう電話はかけてくるものの、何かと用事を作っては足が遠のいていた利恵さんも含めて、三人きょうだいは絶縁した形になり、わが家は孤立状態になりました。

わたしの二人の娘は、「お母さん、大丈夫？　月に一度くらいは交替でそっちに行けるよ」と言ってくれましたが、彼女たちにも家庭があります。「あなたたちは、自分の家庭を守ることに専念しなさい」と断りました。

夫は自暴自棄になったのでしょう。何をするにも投げやりになって、生活が荒れていきました。ふらりと外に出ると、いつまでも帰ってきません。酒に酔って夜遅く帰宅したとき、わたしがちょっと意見すると、「すべておまえのせいだ」と、わたしに責任転嫁してきました。

「いい嫁ぶって、何でもかんでも一人で抱え込んだせいで、利恵も智雄もおまえに任せとけばいいと思い込んじまった。おまえは自己満足でやっているだけだ。いい嫁ぶるのは甲斐性《かいしょう》のない俺へのあてつけなんだろう」

呆れ果てて、言い返す気力も失《う》せました。

――もう夫はあてにならない。一人でおばあちゃんを看るしかない。大丈夫、いままでもそうしてきたのだから。

わたしは、自分の胸にそう言い聞かせて、おばあちゃんの世話に専念しよう、と気持ちを奮い立たせました。

奮い立たせた……のですが、わたしももう六十を過ぎて体力が落ち始めていたようです。おばあちゃんに呼ばれる回数が増えて、いつ呼ばれても起きられるように、おばあちゃんの部屋で寝起きするようになりました。慢性的な睡眠不足のせいか、頭痛やめまいがひどくなり、買い物帰りに寄ったクリニックで診察してもらったところ、「自律神経失調症」と診断されました。

体力的に限界を迎えていたのだと思います。そんなときに、いつものように酔って帰った夫が玄関で転び、大腿骨を骨折したのです。怠惰な生活のために、夫は肥満体になっていましたが、入院中の検査で糖尿病を発症していることがわかりました。夫はリハビリ訓練をまじめにするのも嫌がり、歩行困難となって、退院後は寝室のベッドで寝たきりに近い状態になりました。

おばあちゃんの介護に加えて、糖尿病患者に向けた食事作りやリハビリの介助、とわたしの仕事は増える一方でした。わらにもすがる思いで利恵さんと智雄さんに連絡しましたが、「兄さんは自業自得だよ」という同じ言葉が返ってきただけでした。

夫の親族からも見放されて、まともに思考する能力が低下していたのだと思います。

――死んだほうがましだ。

そんな考えがわたしの中に芽生えました。最初は、一家心中するつもりだったのです。おばあちゃんと夫をラクにさせてあげたあと、わたしもあとを追うつもりでした。

けれども、できませんでした。生きて罪を償うのがわたしの務めだと思い、自首する道を選びました。

結局、助けを求めるわたしの声は、誰にも届かなかったことになります。誰もわたしの話など聞いてくれなかったのです。……いえ、最初に言ったように、一人だけわたしの話に耳を傾けてくれた人がいました。

買い物で通うスーパーで知り合った高橋《たかはし》さんという同世代の女性です。高橋さんとは週に一、二度の割合で顔を合わせました。長くても十分かそこら立ち話をする程度でしたが、その時間がわたしには癒しの時間となっていたのでした。

買おうとした商品を取り損ねて落としてしまったのを、高橋さんが拾ってくれたことから言葉を交わすようになりました。わたしのカゴの中にトロミ剤の箱があるのに気づいて、「あら、どなたか介護の必要な方がおられるのですか？」と聞いてきたのです。そこから介護の話になり、「わたしも介護経験がありますよ」と彼女が応じたので、わたしは共感を覚えました。身内の介護を経験して、現在は一人暮らしでパートの仕事に就いているといいます。

「介護をほぼ一人でされているなんて、大変ね」

「無理しないでね。つらいときは、好きな鼻歌をうたうと元気が出るわ」

「玄関に野の花を一輪飾るだけでも心が豊かになるわ」

透き通るような声の彼女の言葉は、疲弊していたわたしの心に安らぎを与えてくれました。

高橋さんは、とても聞き上手な女性です。「小さいころは何になりたかったの?」とか「何が好きだったの?」とか「いま一番したいことは何?」とか、知っても彼女にとっては何の得にもならないような質問を笑顔で向けてきて、「へーえ、そうなの」とか「それはおもしろい」などと関心を示してくれて、笑顔でうなずいてくれます。自分では意識していないのかもしれませんが、カウンセリングの才能があるのでしょう。

ときには、あまりにも疲れた顔をしているわたしを気の毒に思ったのか、自分の失敗談を話して勇気づけようとしてくれました。

「バナナの皮で足を滑らせてすってんころり、なんて漫画みたいでしょう? わたし、あわてんぼうだから、本当にそうやって転んだことがあるのよ。こんなふうに」

そんなエピソードを身振り手振りを交えて聞かされたときは、声を上げて笑ってしまいました。

彼女の聞き上手な才能をほめたら、「わたしなんか全然よ。世の中にはわたしよりずっと聞き上手な人がいるもの」と、彼女は照れくさかったのか、首を強く振って否定しました。

「どんな人？」

そう聞いたわたしに、彼女は謎めいた笑みを返しただけで、それが誰かはわからないまま彼女に会う機会も失ってしまいました。

そのころには、わたしは精神的にも肉体的にも限界を迎えていたのでしょう。身体が宙に浮いているような感覚が続いていて、視野がかすんだり、耳鳴りのせいで人の声が聞こえにくくなったり……。

たぶん、自律神経失調症が悪化していたのだと思います。

3

今回の事件は、わたしにとって忘れられないものになるでしょう。なぜなら、わたしが弁護士になってはじめて担当した国選弁護の事件だからです。

裁判員裁判でわたしが弁護した茅野春子被告――現在の茅野受刑者に懲役十年という判決が言い渡された瞬間、傍聴席にどよめきが起きたのを覚えています。

――二人殺害して、懲役十年？

刑が軽すぎるのではないか、という驚きを含んだどよめきでした。

もちろん、控訴はせずに、刑は確定したわけです。弁護人としては、情状酌量を加味しても、執行猶予のつく判決を勝ち取るのはむずかしいとわかっていましたが、懲役十五年の検察側の求刑に対して五年も減じた懲役刑という判断が下されるとは思っていませんでした。それだけ、裁判員に選ばれた方たちの大きな同情を集めた事件だったと言えるでしょうか。

茅野受刑者は、義母と夫を殺害時、自律神経失調症にかかっており、極度に疲弊した状態で、精神的にも非常に不安定だったと思われます。遺書も書いていたことから、二人の命を絶ってから自分も死を選ぼうとしていたわけで、そこも同情の余地があると判断された理由の一つかもしれません。

なぜ、弁護士になってキャリアの浅いわたしが茅野受刑者の国選弁護人になろうと決めたのか。知り合いに紹介された弁護士事務所に入って、まだ二年目でした。

茅野受刑者の事件は、「多重介護殺人事件」として巷《ちまた》では有名でした。国選弁護の順番が回ってきたとき、わたしの中に何としてもこの事件を担当して、茅野受刑者の弁護をしたいという熱い思いがわき起こりました。

なぜなら、わたし自身に過酷な介護経験があったからです。

いまは、介護者はケアラーと呼ばれており、大人のかわりに家事や介護といった家族の世話を日常的に担う十八歳未満の子供を「ヤングケアラー」と呼んでいますが、わたしはそのヤングケアラーの一人でした。

最近の中高生を対象とした全国調査では、中学生の十七人に一人、高校生の二十四人に一人がヤングケアラーという数字が出ており、六割を超える当事者たちが誰にも相談したことがなく、表面化しづらい状況が浮かび上がっています。

わたしの場合は、介護が必要な母方の祖母と同居していて、三歳下の妹が知的障害を伴う進行性の難病を患っていたために、わたしが介護の一端を担っていたのです。両親はわたしが小学生のときに離婚し、わが家は母子家庭になったので、貧困問題も絡んできました。

妹の食事をミキサーでペースト状にして、口に運んで食べさせたり、入浴時に着替えさせたり、オムツ交換をしたり、痰《たん》の吸引をしたりするのはわたしの役目でした。

母の仕事が忙しいときは、祖母の介護もわたしの手にかかってくるので、友達と遊ぶ時間もとれなければ、宿題や勉強をする時間も充分とれないような毎日でした。中学校では入りたかった吹奏楽部に入ることもできず、楽しそうに部活動に励むクラスメイトを横目にまっすぐ帰宅せざるを得ませんでした。

それでも、将来の夢のために睡眠時間を削って一生懸命勉学に励んだのです。希望の県立高校に入学した年に、祖母は亡くなりました。それからは母と交替で妹の介護をしていたのですが、そのころから父から送られてきていた養育費が途絶えるようになったのです。母の話では、父が勤めていた会社が倒産したとのことでした。

一度は大学進学を諦めましたが、母に強く勧められて、奨学金を借りて地元の大学に進みました。ところが、二年生の秋に、母が体調を崩して入院し、仕事を続けられなくなってしまったのです。

家計を支えるために、わたしは大学を中退して、家の近くの運送会社で事務の仕事に就きました。妹の介護と退院した母の世話をしてから出勤し、昼休みに一度帰宅して昼食を食べさせ、また会社に戻って夕方まで働く。そういう生活は、母の体調が回復するまで続きました。

生まれたときに「成人するまでは生きられないかもしれません」と医師に言われた妹は、二十二歳の誕生日を迎えた翌日、息を引き取りました。

妹は手がかかるとはいえ、愛しい存在でした。そんな妹を喪《うしな》って、しばらくは脱力したような日々を送っていました。

「いままであなたには苦労をかけたわね。我慢ばかりさせて。これからはあなたの好きなことをしなさい。勉強の好きなあなただから、もう一度大学に行くのもいいんじゃない？」

母はそう言って背中を押してくれたけれど、わたし以上に苦労しっぱなしの人生を歩んできた母にラクをさせてあげたい気持ちが強くありました。それで、仕事で知り合った男性に求婚されるなり、結婚を決めたのです。わたしの結婚の条件である「母親との同居」をすんなり受け入れてくれた人でした。

ところが、結婚早々、夫が転勤になり、わたしは実家を離れて遠く九州に行くことになりました。知り合いが一人もいない土地で娘を出産し、相談する人もいない中での子育てが始まりました。

夫は、早朝に家を出て帰宅は深夜という猛烈サラリーマン。家のことはすべて妻任せでした。家事や育児の実態などには想像も及ばないのか、帰宅するなり、「何だ、こんなに散らかして」とか「夕飯の品数が少ない」などと文句を言います。慣れない育児の大変さを訴えたのですが、「手際が悪いんじゃないか？ 君は学がないからな。大学を出ていれば、段取りよくうまくこなせるはずだ」と言われて、身体が凍りついたようになり、顔がこわばりました。

それから、何かにつけて、「教養がないせいだ」「母親にどう育てられたんだ。母親の顔が見てみたい」「娘が母親やそのまた母親に似たら困る」などと文句や嫌味を言われるに至って、頭がおかしくなりかけました。

そう……夫のそれらの言動は、妻に対するモラルハラスメント、いわゆるモラハラです。当時はそんな言葉が日本に導入されていなかったので、概念すらも認識されていなかったのですね。ヤングケアラーという言葉もそうですが、セクハラ、パワハラ、モラハラ……と、概念や現象に言葉が与えられて、はじめて見えにくかった問題が可視化され、浮き彫りになることがあります。

母からの電話に出た声で、母はわたしの変化に気がついたようでした。話を聞くなり、「すぐに帰ってきなさい」と言いました。わたしは娘を連れて、実家に帰りました。離婚届を郵送すると、ほどなく署名捺印されて返送され、あっけなく離婚は成立しました。わたしの結婚と離婚については、雑誌でもインタビューされたことがあるので、読まれた方もいるかと思います。

元夫の悪口はあまり言いたくありません。離婚後、元夫は再婚し、円満な家庭を築いていると聞きました。そちらの方とはよい家庭を築いていることですし、わたしとはたまたま相性がよくなかっただけだと思います。

それに、元夫は娘に対してはきちんと義務を果たしてくれました。そのおかげで、娘は自分の進みたい道へ進むことができたのです。大学で工業デザインを学んで、自動車会社に就職し、専門的な仕事に従事しています。

そして、その娘の受験勉強をする姿に刺激を受けて、母親であるわたしも忘れかけていた昔の夢を再度追おうと心に決めたのでした。

わたしの夢。それは、弁護士になることでした。大学の法学部で勉強して、司法試験を受けて弁護士になるのがわたしの夢だったのです。わたしは、大学に入り直すよりも独学の道を選びました。寝る間も惜しんで、六法全書を開いて勉強し、四十五歳から司法試験に挑戦し続けること九年。五十四歳でようやく合格することができました。

遅いスタートですが、人生経験の豊富さでは誰にも負けません。

これからも、社会的に弱い立場にいる人たちの声に耳を傾けるのがわたしの役目と思って、弁護活動を続けるつもりです。

4

「奥寺先生のことは存じあげていました」

座るように椅子を勧めるなり、高橋直美《なおみ》は言った。「このあいだ、『女性の友』のインタビュー記事を読ませていただきました。先生も波乱万丈の人生を歩んでこられたのですね」

「波乱万丈というほどではありませんけど」

謙遜しておいて、小さな咳払いを一つした。いきなり訪問して、「弁護士としてお伝えしたいことがあります」と告げただけで、家に招じ入れてくれるとは意外だった。

――わたしの訪問の目的に、彼女はうすうす勘づいているのだろう。

そう解釈して、高橋直美が出してくれたアイスコーヒーに口をつけた。

「ここに来る前に、茅野受刑者に面会してきたんです。茅野春子さん、ご存じですね？」

訪問の目的を察しているのなら、前置きはいらない。単刀直入に本題に触れることにした。

「茅野さん……ああ、あの介護殺人事件を起こした女性ですよね。本当に驚きました。市内で起きた事件ですし、同世代なのでよく覚えています。まさか彼女が人を殺すなんて。そんな人には見えなかったので」

「でも、茅野受刑者が義理の母親と夫、二人の介護で精神的に追い詰められていたのは知っていたんですよね？」

「ええ、まあ、スーパーで立ち話するだけでしたけど、そういう話は聞いていましたから。茅野さんがわたしのことを話題にしたんですか？　それでここに来られたんですか?」

高橋直美は、わずかに眉をひそめて聞いた。二人はスーパーで顔を合わせる程度の仲にすぎなかったから、茅野春子は高橋直美の自宅の住所を知らなかった。彼女の住所は、弁護士としての調査の過程で調べたのだった。

「『わたしの話に耳を傾けてくれて、ときには冗談など言って励ましてくれた高橋さんはお元気かしら』。茅野受刑者は、そんなふうに話題にしていました」

「そうですか。では、次に面会に行かれるときに、わたしは元気にしている、あなたも元気で罪を償って。またお会いする日を待っています。そう伝えてください」

「承知しました。茅野受刑者にそう伝えます」

そう応じて腰を上げると、

「あら、もうお帰りですか?」

と、高橋直美は拍子抜けしたような表情になった。

「ええ。もう伝言はすませましたから」

「あの、奥寺先生。お急ぎでなかったら、もう少しゆっくりしていってください」

すると、高橋直美が引き止めた。

「わたし、先生にはすごく共感を覚えているんです」

高橋直美は、上目遣いに話を切り出した。「だって、わたしも先生と同じヤングケアラーでしたから」

「そうでしたか」

わたしは、高橋直美の話に耳を傾けた。茅野春子が言ったとおり、彼女の透き通った美しい声は、耳に心地よく響く。

「先生の手記やインタビュー記事をいくつか読みましたけど、わたしのほうが先生より過酷な人生を送ってきたと思います。祖父母の介護を身体の弱い母と二人で担っていましたが、そこにわたしの場合、学校でのいじめが加わりましたから」

「いじめ……ですか？」

「はい。物心ついたときに父は亡くなり、わたしも母子家庭で育ちました。うちは貧乏だったので、学用品や学校で指定されたものが買えないことはしょっちゅうでした。いつも同じ服を着ていて、『汚い』と同級生に除《の》け者にされたり、机を並べてもらえなかったりしたこともありました。気の弱いわたしは口で先生に伝えられずに手紙を書いたんですが、給食費を持っていけないことがあったり、忘れ物が多かったりしたせいで、先生もまともに取り合ってくれませんでした。わたしが成績優秀な子なら先生も一目置いてくれたかもしれませんが、介護に時間をとられて勉強する暇もない毎日でしたから。そんなとき、クラスの女子の持ち物がなくなる事件が起きたんです。学校に持ってきてはいけないとされているものでしたけど、高価なものだったので、保護者が学校に乗り込む騒動になりました。真っ先に疑われたのがわたしでした。『あの子の家は貧困家庭だから、金目のものがほしかったんだろう』ってね。『違う。わたしじゃない』と声を上げたけれど、その声は誰も拾い上げてはくれませんでした。結局、なくなったというものは、学校のどこか片隅から出てきて、犯人探しもしないままになったんですけどね」

どういう方向へ話を展開させたいのか、高橋直美の心中を探っていると、

「同じヤングケアラーでも先生は勉強好きで、優秀な生徒だったでしょうから、わたしとは違うでしょうね。最終的に、弁護士になるという夢を叶えられたのだし」

と、高橋直美は、一度わたしへと矛先を向けておいて、話を続けた。

「もう一つ、先生とわたしには共通点があるんです。離婚していることです」

「離婚されたんですか？」

「ええ、先生とは違って子供はおりませんでしたけどね。この家で夫の両親の介護をして、二人を看取って、やれやれと息をついたとき、夫から離婚を切り出されました。青天の霹靂《へきれき》でした。離婚の理由に思いあたらなかったので、何がいけなかったのか、子供がいなかったからなのか、だけど、不妊の原因は夫にあったはず……。頭が混乱したわたしは、思いとどまるように一生懸命夫を説得しました。この年齢で一人で生きていくのは寂しすぎるし、一人で生きていく自信もなかったからです。でも、わたしの言葉を夫は聞き入れてはくれませんでした。夫は外に女をつくっていたんです。行きつけのスナックに勤めていた女性でした。心変わりしたなら仕方ありません。わずかな慰謝料のほかに、この家をもらうという条件を出して、わたしは離婚に応じました」

　この家、と言われて、わたしはそれとなく部屋を見回した。だいぶ築年数を経た家らしい。壁紙のしみがリフォームの必要性を告げている。

「家さえあれば、何とかなりますからね。この年だとパートの仕事しかありませんが、おかげさまで身体が丈夫なので続けていられます」

「ええ、健康第一ですからね」

話を続けさせるために通り一遍の受け答えをすると、

「先生、わたしのことを孤独な女だと思っていらっしゃいますか?」

高橋直美は、口元に笑みを浮かべて聞いてきた。

「一人暮らしという意味では、寂しいこともおありでしょう?」

「一人になって近所づき合いもしていませんし、茅野さんみたいに立ち話する相手もいませんしね」

寂しいという言葉を使わずに、高橋直美はそういう表現で答えた。

「スーパーでの茅野さんとのおしゃべりの時間は、高橋さんにとって楽しいひとときだったでしょうね。茅野さんは、あなたの言葉をきちんと聞き入れてくれたから。言い換えれば、あなたの声が茅野さんの心に届いたということですよね?」

「茅野受刑者」という硬い呼び方から「茅野さん」に変えて、わたしは切り込んだ。

「ええ、まあ、それは……でも……」

と、高橋直美は曖昧に受けて、言葉を濁す。

「高橋さんは、バナナの皮で足を滑らせて転んだ話を、どういうつもりで茅野さんにされたのですか?」

核心に触れる質問を向ける。

「わたしの失敗談を話すことで、介護で疲れている彼女の心が少しでも癒されればいい。そう思ったんです」

「それだけでしょうか」

「何をおっしゃりたいのですか？　まさか、わたしが茅野さんに、バナナの皮を用いてご主人を転倒させるように入れ知恵した、とでも言いたいのですか？」

高橋直美は、先回りして笑みを絶やさずに切り返してきた。「茅野さんが、先生にそう話したのですか？　玄関にバナナの皮を置いといたら、そこで夫が足を滑らせて転んだと？　それがきっかけで骨折して、寝たきり状態になったとでも？」

「いいえ、茅野さんからは何も聞いていません」

「確かに、わたしはバナナの皮の話はしました。だけど、それを茅野さんに試してみたら、と勧めた覚えはありません」

わたしが黙っていると、

「それから、茅野さんにこういう質問もしました」

と、高橋直美は、「告白」する快感に酔っているかのように言葉を重ねた。「子供のころは何が好きだったか。どんな夢を持っていたか。いま一番したいことは何か」

「茅野さんは、どう答えたんですか？」

「子供のころは、漫画家になりたかった。本を読むことが好きだった。時間がとれたら、ゆっくり読書をして過ごしたい。だけど、介護が続く以上、それは無理だけど……。そう言ってました。だから、教えてあげたんです。そういう環境があるよ、ってね」

「そういう環境とは？」

「先生ももう気づいているのではないですか？」

「刑務所の中……ですか？」

確かに、懲役刑の茅野春子には所内で読書する自由時間が与えられている。

「もちろん、はっきりと教えたわけではありません。テレビで観たノンフィクションの映像の話とか目にとめた新聞記事の話などを、いつもの立ち話の中でしただけです。それを聞いた茅野さんが、刑務所に入ったらつらい介護生活から解放される、好きなだけ好きな本が読める、そう受け止めたかどうかはわかりません。それから、世の中にはわたしよりもっと聞き上手な人がいる、それを仕事にしている人がいることも教えてあげました。そう……先生のような弁護士さんがいることを」

「身体も心も疲れ切っていた彼女は、洗脳されやすい精神状態に置かれていたのでしょう。あなたの言葉がスポンジが水を含むように、彼女の心の中に染み込んだのかもしれません」

「わたしが茅野さんを洗脳したとおっしゃるんですか?」

「その可能性が考えられるということです。母親の介護を放棄した夫が邪魔になり、反撃されないように、まずは怪我をさせておいて介護が必要な状態にさせてから、義母と夫、二人の命を奪う。無理心中すると思わせるために遺書を書き、実行はせずに自首する。介護からの解放を目的に刑務所へ行く。そして、刑務所へ行く前に、聞き上手な弁護士と巡り合う」

「わたしがそういう筋書きを作って、茅野さんがそれを演じるように誘導したとおっしゃるのですか?」

　わたしは、黙っていた。その質問には答えられなかった。裁判の過程で専門医に精神鑑定を求めた際、「被告は自律神経失調症ではあったが、犯行当時心神喪失の状態にはなかった。善悪の判断能力は備わっていた」と診断されたのだった。高橋直美の筋書きに沿って、計画的な犯行に及んだ可能性は否定できない。

「事件がわたしと茅野さんの計画的な犯行だったとして、それを証明することはできるのでしょうか。わたしたちは、何か罪に問われるのでしょうか」

今度の問いには、わたしはかぶりを振った。「一事不再理」という法律用語が脳裏をよぎる。ある刑事事件の裁判について、確定した判決がある場合には、同一事件について再度の起訴を許さないという原則だ。

それに、茅野春子も高橋直美に関して、犯行に関与するような事柄はひとことも話していない。

茅野春子の義妹にあたる利恵、義弟にあたる智雄、彼女の娘たち、ケアマネージャー、近所の人間。誰もが「二人の介護は、茅野春子がほぼ一人で担っていた」と証言し、冷淡な態度をとっていた利恵でさえ、「いま思えば、春子さんの負担が重すぎた。介護を彼女一人に押しつけ、支援しなかったことを深く反省している」と述べた。情状酌量を得るのには彼らの証言だけで充分だったのだ。

「奥寺先生、懲役十年といっても、模範囚なら仮釈放というか仮出所があるはずです。茅野さんは、八年くらいで出てこられますよね？」

やけに法律に明るい高橋直美の質問が、思索にふけっていたわたしを我に返らせた。

「人生百年時代。彼女が出所したら、ここで一緒に住もうと思っているんです。七十代の女同士でシェアハウス……なんてね」

高橋直美の楽しそうに語る声に、わたしはただ耳を傾けるしかなかった。

初出　U-NEXT「家庭恐怖コレクション」

第一話	半身半疑	2020年8月17日	配信
第二話	ガラスの絆	2020年9月17日	配信
第三話	殻の同居人	2020年10月17日	配信
第四話	君の名は？	2020年11月17日	配信
第五話	あなたが遺したもの	2020年12月17日	配信
第六話	罪の比重	2021年1月17日	配信
第七話	妻の罪状	書き下ろし	

文日実
庫本業 に52
社之

妻《つま》の罪状《ざいじょう》

2021年10月15日　初版第1刷発行

著　者　新津《にいつ》きよみ

発行者　岩野裕一
発行所　株式会社実業之日本社
〒107-0062　東京都港区南青山5-4-30
CoSTUME NATIONAL Aoyama Complex 2F
電話［編集］03(6809)0473［販売］03(6809)0495
ホームページ　https://www.j-n.co.jp/
DTP　ラッシュ
印刷所　大日本印刷株式会社
製本所　大日本印刷株式会社

フォーマットデザイン　鈴木正道（Suzuki Design）

ISBN978-4-408-55696-3（第二文芸）